Deseo™

Noches en el desierto

SUSAN STEPHENS

HARLEQUIN™

Editado por HARLEQUIN IBÉRICA, S.A.
Núñez de Balboa, 56
28001 Madrid

NOCHES EN EL DESIERTO, N.º 1776 - 16.3.11
Título original: Sheikh Boss, Hot Desert Nights
Publicada originalmente por Mills & Boon®, Ltd., Londres.

I.S.B.N.: 978-84-671-9617-7
Depósito legal: B-2499-2011
Editor responsable: Luis Pugni
Preimpresión y fotomecánica: M.T. Color & Diseño, S.L.
C/ Colquide, 6 portal 2 - 3º H. 28230 Las Rozas (Madrid)
Impresión en Black print CPI (Barcelona)
Fecha impresion para Argentina: 12.9.11
Distribuidor exclusivo para España: LOGISTA
Distribuidor para México: CODIPLYRSA
Distribuidores para Argentina: interior, BERTRAN, S.A.C. Vélez Sársfield, 1950. Cap. Fed./ Buenos Aires y Gran Buenos Aires, VACCARO SÁNCHEZ y Cía, S.A.
Distribuidor para Chile: DISTRIBUIDORA ALFA, S.A.

Capítulo Uno

Tenía una mochila del tamaño de una montaña. Al ir a sacarla de la cinta transportadora, por poco le sacó un ojo a la mujer que tenía al lado. Hebillas y correas colgaban por todas partes, junto con una soga, un saco de dormir impermeable y un par de botas. Llevaba el pelo recogido debajo de un sombrero militar, de camuflaje, con su correspondiente pañuelo para protegerse el cuello del sol.

Cuando se enteró de que tenía que viajar al interior de A'Qaban como parte de su trabajo como directora de marketing para la agencia de desarrollo de aquel país, Casey había cambiado su traje de ejecutiva por el equipo de safari. Pero no había aterrizado precisamente en un remoto aeródromo de A'Qaban, sino en el aeropuerto internacional de la capital, uno de los más modernos del mundo.

Como tenía costumbre hacer con los proyectos que le encargaban, Casey se había documentado a fondo. Sin embargo, apenas unos minutos antes de abordar el avión, le habían comunicado que su itinerario había cambiado... y nada menos que por órdenes directas del jeque Rafik en persona, el nuevo monarca del país. Al parecer Su Majestad había insistido en reunir a sus más destacados empleados antes de empezar a gobernar.

Sorprendida de que se hubieran ocupado de una

subalterna como ella, se había sentido halagada en un principio... hasta que le recordaron que Raffa, que era el nombre con que el jeque educado en Eton y formado en las fuerzas especiales prefería que lo llamaran, estaba más que habituado a despedir a los empleados que no satisfacían sus expectativas. Así que allí estaba, disfrazada de agente forestal y sin la ropa adecuada para enfrentar la jornada que se avecinaba.

¿Podía el ardor sexual atravesar un cristal? Mientras contemplaba a Casey Michaels cruzar la sala de equipajes, no tuvo ninguna duda al respecto. Incluso con aquella vestimenta estaba preciosa. Y muy diferente de la mujer vestida a la última moda que había visto en la fotografía de su expediente. Ahora se daba cuenta de que era una foto antigua, desfasada. Casey ya no estaba tan delgada, y el cabello que se adivinaba bajo aquel horrible sombrero militar era mucho más rubio. Todo eso, junto con sus curvilíneas caderas, su mirada imperturbable y su paso decidido, formaba un conjunto más que atractivo.

Sin dejar de acariciarse la barba de tres días, continuó admirando su esbelta figura enfundada en la vestimenta de safari. Su virginal inocencia clamaba al cielo. «Y eso que yo nunca mezclo los negocios con el placer», se recordó. Procuró concentrarse en lo único importante. Aquella mujer... ¿sería capaz de ilusionarse con su trabajo? ¿Podría dirigir? ¿Estaría preparada para luchar por su gente? Ésas eran las cosas que le importaban. Sólo los ejecutivos más eficaces lograban superar sus exigentes criterios de selección.

Pero Casey lo intrigaba. Se retiró de su posición

de observador privilegiado: ya era hora de moverse si quería fiscalizar su progreso. Después de dar las gracias a los funcionarios de aduanas, abandonó la sala de control. Se sentía *superconectado*, como solía ocurrirle cuando se activaba su instinto cazador. No había nada malo en ello. Necesitaba un poco de locura, de frescura en su vida. ¿En su *vida*? ¿Negocios *y* placer?

Había un brillo de humor en sus ojos cuando se incorporó a la multitud en la sala de llegadas. Algunos lo reconocieron; más de uno se quedó sorprendido. Otros sólo lo conocían como Adam. La pregunta era: ¿lo reconocería *ella*?

Lo sentía en el estremecimiento que le recorría la espalda. Alguien la estaba acechando; alguien mucho más poderoso que los funcionarios con los que hasta el momento se había encontrado, la observaba. Tan distraída estaba por aquella sensación que hasta chocó contra una puerta.

«Nada de atravesar puertas», se advirtió firmemente Casey, pese lo fácil que le resultaba distraerse con el timbre ronco de la lengua árabe, el rumor de las túnicas y los pasos de las sandalias resonando en sus oídos. El sencillo trayecto hasta el mostrador de inmigración sirvió de hecho de presentación al misterioso Oriente, al igual que los incontables retratos del *líder* de A'Qaban servían de impresionante presentación de su jefe.

Había imágenes del joven y poderoso *líder* por todas partes, y cuando Casey se detuvo un momento para fijarse en uno, se dio cuenta de que era el mismo retrato oficial de la sede de su empresa en Inglaterra: una magnífica figura de cuerpo entero ataviada con la túnica tradicional de un guerrero beduino. Desvió entonces la mirada a la bandera real, que ondeaba en un alto astil del centro del vestíbulo. Una luna creciente de plata con fondo azul, y en primer plano, un león rampante con las fauces abiertas.

Volvió a asaltarle un escalofrío cuando recordó que el león era el símbolo personal del jefe Rafik. El símbolo perfecto para un hombre que había remado en Eton, jugado al rugby en Oxford y boxeado en el ejército durante el tiempo que pasó en las fuerzas especiales, antes de estampar el sello de su autoridad en el mundo de los negocios, al igual que en su país. Rafik al Rafar era el indisputado *león alfa* del Golfo Pérsico, un hombre cuya ética laboral tenía fama de despiadada.

Casey se incorporó a una cola de pasajeros que se movía a buen paso mientras reflexionaba sobre su posición en la empresa del jeque. Indudablemente, su pasión por aquel país la había ayudado a promocionarse. A'Qaban era sin duda el más excitante proyecto imaginable. Rodeado de un mar turquesa y enmarcado por montañas de granito, el país alardeaba de tener una capital sin parangón en el mundo, y ella estaba decidida a convertirla en líder de mercado en la industria turística mundial.

Pero A'Qaban también tenía una inestimable joya que estaba por descubrir. En opinión de Casey, el interior del país era su mejor activo turístico. Un paisaje intocado por la mano del hombre, a excepción de las tribus nómadas de beduinos que estaban bajo la protección del jeque Rafik al Rafar. Casey proyectaba precisamente paquetes de viaje turísticos que combinaran el conocimiento respetuoso de la cultura de los beduinos con rutas y excursiones de interés cultural y ecológico.

Frunció rápidamente los labios con gesto decepcionado cuando recordó que, de no haber sido por el imprevisto cambio de opinión del jeque, en aquel preciso momento se habría encontrado en mitad del desierto. Ésa era la única razón por la que había bajado del avión vestida como un figurante de película de Indiana Jones. Esperaba, sin embargo, que ésa fuera la única decepción a la que tuviera que hacer frente aquel día.

Estaba a punto de sacar su pasaporte cuando la asaltó de nuevo el presentimiento: *alguien* la estaba observando. Tenía la fuerte impresión de que alguien había salido a cazar y que ella era la presa. Tenía que mantenerse alerta. Sus colegas la habían advertido de que Rafik al Rafar solía saltarse las reglas: una perspectiva que la había excitado cuando se lo contaron, ya que le gustaban los desafíos. Pero ahora que estaba allí, ya no se sentía tan confiada.

Atravesó los mostradores de inmigración sin incidentes. No esperaba que fuera nadie a buscarla, así que su plan era llamar a un taxi y dirigirse al hotel más cercano. Una vez allí, tomaría una ducha y contactaría con la oficina. Apenas había atravesado la mitad del vestíbulo cuando de repente se encontró rodeada de guardias. Todos llevaban túnicas negras y pantalones bombachos, con dagas a la cintura. Casey se giró en redondo. Era inútil, no tenía escapatoria.

Jamás le había sucedido nada parecido: era la experiencia más aterradora de su vida. ¿Qué terrible pecado habría cometido? No tuvo que esperar demasiado para averiguarlo. El círculo de guardias se abrió para dejar entrar a un hombre solo. Todo un *bombón* en tejanos.

En tejanos azules, ceñidos, botas y una camiseta ajustada, para ser exactos. Pelo negro, mirada acerada, tez morena, una boca sensual y... ¿un arete en la oreja? Por unos segundos fue incapaz de pensar con un mínimo de coherencia. Aquel hombre era altísimo y tenía el físico de un boxeador. Tragando saliva, rezó para poder recuperarse rápidamente. Aquél no era el momento más adecuado para quedarse deslumbrada y sin palabras ante la presencia… del jeque Rafik al Rafar.

–Te mueves más rápido de lo que pensaba, Casey Michaels.

Los ojos color castaño oscuro del jeque eran absolutamente impresionantes, pensó temblando por dentro mientras improvisaba una torpe reverencia.

–Su Majestad...

–Déjate de ceremonias y tutéame. Llámame Raffa.

Raffa no solamente era el hombre más guapo que había visto en mucho tiempo, quizá nunca, sino que además tenía una voz cálida y aterciopelada, con un levísimo acento, que trastornaba sus sentidos.

–Raffa.

–*Ahlan wa sahlan*, Casey Michaels.

Había un ligero matiz burlón en su voz. ¿Acaso podía leerle el pensamiento? Con el corazón acelerado, vio que se llevaba una mano al pecho, luego a los labios y por fin a la frente.

–*Ahlan wa sahlan bik,* Su Majes… Raffa –bajó la mirada, contenta de haber aprendido en Inglaterra unos rudimentos de árabe. Cuando volvió a alzarla, fue para descubrir que el jeque seguía contemplándola con interés.

–Vamos.

«¿Adónde?», se preguntó, nerviosa. En realidad le daba igual, siempre y cuando no la despachara de vuelta a casa. El jeque la llevó a un pequeño despacho que contenía un escritorio y dos sillas de aspecto incómodo, lo cual fue un alivio.

–¿Qué llevas en esa mochila, Casey? –le preguntó, volviéndose hacia ella después de cerrar la puerta a su espalda.

Por un instante se quedó completamente desconcertada.

–¿Qué llevas ahí? –insistió.

Casey la bajó al suelo, apoyándola contra el escritorio.

–Ábrela.

Se le encendieron las mejillas. Aquella orden no tenía apelación posible. Abrió la mochila y se irguió. Intentó recordarse que aquello no era más que un asunto de trabajo, que no había nada personal en ello, en un intento de recuperar su maltrecha confianza. Con los asuntos de trabajo sí que podía enfrentarse: el problema eran *los hombres*. Además, los hombres tan guapos como aquél jamás se fijaban en las mujeres como ella. Casey no tenía ninguna práctica en tratar a alguien como...

Se dio cuenta de que se había quedado mirando sus labios. Dio un respingo y se puso súbitamente alerta cuando el jeque volvió a hablarle.

–Enséñame lo que has traído, Casey.

Capítulo Dos

–¿Que te enseñe lo que he traído? –le preguntó mientras revisaba mentalmente el contenido de su mochila.

–Toma asiento, si lo prefieres –le sugirió él, apartándose de la pared en la que había estado apoyado.

¿Y dejar que lo intimidara más todavía con su estatura? Ni hablar.

–Prefiero permanecer de pie, si no te importa.

–Como quieras.

Claro que lo quería. Se encogió al verlo acercarse.

–Sólo quiero comprobar si has venido bien preparada para el desierto.

Estaba jugando con ella, empujándola al límite, y su propio cuerpo la estaba traicionando. Aquél muy bien podría ser un asunto de trabajo, pero era irremediablemente consciente de Raffa y de su ostentosa masculinidad debajo de aquella ropa informal. Porque le resultaba casi imposible no mirar y no pensar en el enorme bulto de la bragueta de sus tejanos... casi como si fuera una tercera presencia en la habitación.

Además, para colmo, las lágrimas amenazaban con brotar. Casey Michaels, la eficaz ejecutiva, corría serio peligro de desmoronarse. Porque si sus posibilidades de conseguir aquel puesto dependían de sus atributos femeninos... ya podía ir pensando en volverse a casa.

***

Raffa nunca antes había hecho nada parecido. Siempre partía de la premisa de que cualquier empleado que trabajara para él sabía lo que estaba haciendo. Jamás había escogido a uno recién desembarcado del avión y lo había encerrado en una oficina para interrogarlo, y tampoco tenía excusa alguna para ponerse a hacerlo ahora. Pero Casey Michaels lo intrigaba. Temía que acabara revelándose como una rubia vacua y frívola. Ya había conocido demasiadas a lo largo de su vida y no tenía lugar para ellas en su negocio.

Mientras la veía sacar el primer objeto de la mochila, se dio cuenta con cierta diversión de que sus temores eran infundados. La fotografía del expediente personal de Casey era tan engañosa como su propio retrato oficial, con su tradicional vestimenta de beduino.

Casey creía haber empacado todo lo necesario, pero a esas alturas ya lo estaba dudando. En aquel momento sacó el plástico que llevaba para obtener agua potable por condensación. Vio que asentía con gesto aprobador. Luego le enseñó el espejo con el que había pensado hacer señales si se extraviaba en medio del desierto.

El espejo le ganó otro gesto de aprobación. Siguieron tijeras, sedal y un encendedor de yesca.

–¿Tijeras?

–Sí, junto con la navaja multiusos, la pala plegable y la cantimplora. Todo lo llevo guardado en una bolsa impermeable... aquí está –la sacó.

Rafa le indicó que continuara: no hacía falta que la abriera.

Una caja de tabletas potabilizadoras, seis tubos de tabletas de sal y un frasco de repelente contra insectos de tamaño industrial, junto con un botiquín de primeros auxilios.

–¿Y un mapa?

–Por supuesto... –sacó el mapa, bien guardado en un sobre impermeable–. Y la brújula.

–¿Y ese bulto?

Lo que quería mirar ella era el bulto *de él,* pero consiguió reprimirse.

–Mi ropa.

–¿Algún traje formal?

–Desgraciadamente, no.

–Bueno, pues *afortunadamente...* –subrayó la palabra con irónico énfasis– aquí tenemos tiendas.

Una ola de rubor cubrió el rostro de Casey.

–De haber sabido que vendría a la capital, habría preparado un equipaje completamente diferente –de repente se quedó helada. A juzgar por la cara que puso Raffa, no estaba acostumbrado a que lo interrumpieran. Lo cual representaba otro problema. Dominarse era algo que podía hacer. Pero cambiar su personalidad en tan poco tiempo iba a resultar bastante más difícil.

Vio que encogía sus poderosos hombros con actitud indiferente.

–Te quería aquí –no le dio más explicaciones.

Se estaba mostrando tan ofensivamente insensible, mientras que ella... La tensión parecía crepitar en el aire.

–Ya puedes volver a guardarlo todo. Me quedo satisfecho con lo preparada que has venido para el desierto.

Casey soltó un «hurra» en su fuero interno. Gracias a Dios que no le había pedido que siguiera sacando cosas, entre ellas los seis pares de bragas de estilo más bien puritano, la alarma contra violaciones y los preservativos que su siempre pragmática madre había insistido en que llevara.

Raffa contemplaba pensativo a Casey mientras volvía a guardar sus pertenencias. Sus referencias eran buenas sobre el papel, su ética laboral intachable, pero él necesitaba algo más que eso. La persona que acabaría liderando su equipo de marketing debería demostrar un compromiso total para con A'Qaban, y ser una persona inquieta, innovadora, con iniciativa.

Volvió a recorrerla con la mirada. Por debajo de su absurda vestimenta, aquella combinación de ingenuidad y de absoluta determinación le daba un encanto sin afectaciones. Aunque sospechaba que también podría llegar a ser muy tozuda, a la menor oportunidad.

Decidió interpretar todo eso como un valor en sí. Aunque tendría que estar dispuesta a viajar cuando y como él se lo pidiera, así como a adaptarse a cualquier cambio de itinerario sobre la marcha. También tendría que arreglárselas bien en el interior. Hasta que no estuviera bien segura de sus capacidades, la retendría en la capital.

Estaba deseoso de descubrir si acabaría respondiendo o no a las expectativas. De hecho, deseaba secretamente que saliera bien librada de la prueba...

***

Estaba cansada del viaje y estremecida por la rapidez de los últimos acontecimientos. Y por Rafik al Rafar. Sobre todo por *él*. Lo consideraba el principal responsable.

Podía incluso identificar, gracias a su olfato bien entrenado en el departamento de perfumes de incontables tiendas, cada ingrediente de su exótica colonia: vainilla, que era afrodisíaco; sándalo, una especia fuerte y...

–¿Podemos irnos? ¿Casey? –bajando la cabeza, le lanzó una mirada turbadoramente directa–. Te llevaré al hotel para que dejes allí tu equipaje. Luego...

Casey enrojeció de vergüenza. Tenía veinticinco años e ignoraba en absoluto cómo comportarse con los hombres.

–Luego te compraremos un traje –fue el decepcionante final de frase.

–No hay necesidad. Yo...

–¿No aceptas regalos de los hombres? –arqueó una ceja.

–He traído dinero.

–Si prefieres pagar tú, por mí estupendo.

Seguía mirándolo a los ojos como un cachorrillo obediente. Algo que parecía haberse convertido en una costumbre. Raffa la estaba esperando, sosteniendo la puerta.

–Vamos.

Asintió con la cabeza. Ni siquiera confiaba en su propia voz.

Raffa se detuvo nada más salir a la calle. Sus guardias, anticipando el gesto, se detuvieron al instante, alertas.

–Bienvenida a A'Qaban –le dijo a Casey–. Mi país será el tuyo durante los días siguientes.

Un calor que nada tenía que ver con el sol se derramaba sobre ella en oleadas. Se sentía tan sucia y sudorosa por el viaje... Sobre todo al lado del jeque, que era la frescura y elegancia personificadas. Parecía estudiarla cada vez que la miraba, siempre con un ligero dejo de diversión. Desde luego, era imposible que no se sintiera honrada por la distinción de la que le había hecho objeto al ir a buscarla... pero al mismo tiempo no podía evitar sentirse amenazada a un nivel personal. Era como si su feminidad estuviera en juego, al descubierto. Lo cual no debería importarle si lo que quería era conseguir aquel puesto. Pero le importaba. Y mucho más de lo que habría debido.

Raffa señaló la limusina que acababa de detenerse frente a ellos. Los guardias habían formado un pasillo de seguridad hasta el vehículo real. El vehículo tenía los cristales tintados: una hermética cámara donde, si se metía, permanecería aislada del mundo... con él.

No le quedó más remedio que hacerlo.

Capítulo Tres

Raffa sentía a Casey, sentada a su lado en la limusina, como una llama calentando un corazón helado. Tantas mujeres y tan pocos recuerdos: al menos que mereciera la pena conservar. Quizá fuera por eso por lo que siempre se mostraba tan cínico.

Se mantuvo bien alejado de ella, confiando en que se relajara. Vio que se quedaba sentada muy rígida antes de ponerse a mirar por la ventanilla. Aspiró su fragancia. Un leve perfume a flores, que combinaba perfectamente con el suyo, fuerte y especiado.

Mientras la observaba juguetear con sus rizos rubios, enredándolos y desenredándolos en sus finos dedos, se recriminó por ser tan ridículo. Una mujer como Casey Michaels perfectamente podría no estar a la altura de los requerimientos del puesto ofrecido. Con lo que quizá simplemente su propia libido le había sugerido lo contrario…

–¿Ésos son pozos artesianos?

Raffa se inclinó hacia delante, sorprendido y agradado por su interés.

–Efectivamente...

Volvió a recostarse en su asiento, preguntándose si habría sentido su calor como él el de ella. Era muy consciente de la blancura de su cutis, salpicado de pecas. Se quemaría con el sol, estaba seguro: un motivo más para mandarla de vuelta a casa. Pero el oscuro lado de su personalidad lo incitaba a saborear aquella piel, a ver sus ojos arder de pasión y de deseo por él.

–¡Oh, mira! –exclamó ella de pronto, distrayéndolo de sus pensamientos–. Un dromedario.

–¿De veras? –increíble: un dromedario en el desierto. Su infantil entusiasmo no hizo más que subrayar la decisión que acababa de tomar. La despacharía de vuelta a su casa.

–No puedo creer que el desierto llegue hasta el mismo borde de esta autopista –comentó Casey, volviéndose hacia él como un brillo en sus ojos azul celeste.

Vio tanta inocencia en aquella mirada, que no pudo evitar responderle:

–Si miras hacia las montañas, podrás distinguir más dromedarios en el horizonte.

–¡Oh, es verdad! –exclamó alborozada mientras las negras siluetas de los animales en marcha se recortaban contra el globo dorado del sol.

Prácticamente estaba apretando la cara contra el cristal de la ventanilla, olvidado el nerviosismo que le había producido su presencia. En un momento dado, se llevó las manos a la cara, maravillada.

De todas formas, Raffa no habría cambiado su decisión de despacharla a su casa si no hubiera sido porque sospechaba que Casey Michaels escondía algo. Bien podría ser un talento oculto, a la espera de ser descubierto. ¿Acaso podía permitirse el lujo de prescindir de alguien así sólo porque no podía confiar en sí mismo para no terminar acostándose con ella?

–Creo que esto es muy excitante –le dijo, girándose en redondo hacia él–. Me muero de ganas de empezar. Es un desafío tan grande...

En sus labios, la palabra «desafío» sonaba a premio o a recompensa suprema. Se limitó a asentir con la cabeza. Los siguientes días iban a ser un desafío para ambos.

Con su comportamiento, Raffa casi le hacía olvidarse de que estaba sentada al lado de un *rey*; aunque olvidarse de su masculino encanto era mucho más difícil. Que se hubiera mantenido alejada de los hombres no la había vuelto incapaz de sentir, y con los insoportables niveles de testosterona reverberando en el aire, lo cierto era que estaba sintiendo *demasiadas* cosas.

Él parecía absolutamente relajado e inconsciente de su interés, así que aprovechó la oportunidad para mirarlo subrepticiamente. Estaba ligeramente despeinado; el sol del ocaso arrancaba reflejos dorados a su aro de pirata. Tenía un aspecto tan sumamente sexy, con sus ojos cargados de promesas y aquella boca hecha para besos de ensueño... ¿Por qué tenía que ser su jefe? Supuso que debía de haberse afeitado hacía días, porque la sombra de su barba era negra, de aspecto duro...

Se preguntó si el contacto de aquella barba le arañaría la piel de, por ejemplo, el cuello, la mejilla... ¿los senos? Se estremeció sólo de pensarlo. Solamente había disfrutado de unos pocos y torpes besos en su vida: por lo general, habían terminado por convencerla de que no se estaba perdiendo gran cosa. De alguna forma, sin embargo, imaginaba que los besos de Raffa serían diferentes.

Mientras se volvía de nuevo para mirar por la ventanilla, vio reforzada su primera impresión de que estaba entrando en el mundo cerrado y misterioso que había vislumbrado en el aeropuerto. Estaba más que dispuesta a descubrir qué era lo que se escondía detrás de aquel velo de seda, pero... ¿le permitirían hacerlo? ¿Le dejarían conocer el verdadero A'Qaban?

Tenía que luchar por conseguir la oportunidad de conocer bien A'Qaban, si tenía alguna esperanza de venderlo al resto del mundo. Pero si el jeque la seducía detrás de aquel misterioso velo de seda... ¿qué pasaría entonces? Se derretía de deseo solamente de pensarlo: la sensación parecía concentrarse entre sus muslos. Quería que la tocara *allí*... tierna y persuasivamente... y sí, persistente, rítmicamente, acariciándola hasta saciarla por completo. Raffa le separaría los muslos y la tomaría de las nalgas para colocarla en la posición más adecuada... y por supuesto que estaría pendiente de sus reacciones y se detendría en el momento en que ella se lo pidiera para...

–No tienes demasiado calor, ¿verdad? –le dijo él de pronto, volviéndose hacia ella al oírla suspirar.

–No, no... Estoy bien.

Para cuando entraron en el sendero flanqueado de banderas de lo que, según le había explicado Raffa, era el principal hotel del país, Casey se quedó anonadada contemplando el edificio de granito rosa, con aspecto de antigua fortaleza. Jamás había visto nada parecido.

El chófer detuvo la limusina al pie de la ancha escalera de entrada. Fue Raffa quien habló primero:

–Descansa un poco.

No pudo evitar pensar que quizá estuviera deseoso de deshacerse de ella.

–Mañana trabajarás de firme. Encontrarás una lista con los teléfonos más esenciales en la habitación.

De modo que había cambiado de idea acerca de su excursión de compras...

–¿Y mi traje?

–Llamaré a un ayudante y le encargaré que te envíe un surtido a la suite.

Casey frunció el ceño. ¿Iba un hombre a elegir la ropa que debería llevar?

–Eso no será necesario, gracias –se opuso con firmeza–. Ya me las arreglaré.

–Es la manera en que hacemos aquí las cosas.

–Pues no es la mía –había procurado no sonar demasiado ofensiva, pero desgraciadamente no lo consiguió: él había entrecerrado los ojos y la miraba contrariado–. Estoy acostumbrada a elegir *mi* ropa y a pagarla *yo*.

Se preguntó si no habría ido demasiado lejos. La severa expresión de Raffa reflejó primero sorpresa, y luego una leve diversión. A esas alturas, sólo le quedaba una cosa por averiguar.

–¿Cuándo volveré a verte?

–Estaremos en contacto –respondió sin más, despachándola.

Efectivamente: había ido demasiado lejos. Además, había tenido la inequívoca y muy embarazosa impresión de que él había interpretado de otra forma su pregunta.

–Me refería a nuestra próxima reunión de negocios –aclaró.

–Claro. ¿A qué si no?

Ya había bajado del vehículo. Estirándose sobre su asiento, Raffa añadió, con la puerta todavía abierta:

–Si al final este puesto no te conviene, Casey, tengo muchos otros en mi organización.

–Pero es el que yo quiero –afirmó, terca, sosteniéndole la mirada de manera que no le quedara duda alguna sobre sus intenciones.

Vio que arqueaba levemente sus negras cejas. Acto seguido cerró la puerta, dio una orden al chófer y se marchó.

«Así que le gusta vivir peligrosamente», pensó Raffa, volviéndose para mirar a Casey mientras subía las escaleras del hotel. Le divirtió ver cómo forcejeaba con el horrorizado portero para que no le quitara la mochila. Estaba decidida a arreglárselas sola, y aquello le arrancó una sonrisa.

Se recostó en su asiento, pero le resultaba imposible relajarse. Una vez más se volvió para mirarla. De hecho...

–Dé la vuelta, por favor –le dijo al chófer.

Increíble. Sabía que debería dejar de correr por la suite, tocándolo todo maravillada, y empezar a acostumbrarse a la idea de que la había alojado en una suite que superaba todos sus sueños.

Entró en el baño, abrió de golpe el grifo de la ducha y se empapó de golpe en el proceso, antes de correr de vuelta al dormitorio más grande que había visto en su vida. Tenía toda la planta superior del edificio para ella sola: más que una suite, era un *país* entero.

Forcejeando con las hebillas de su mochila, la abrió

y rebuscó dentro. Lo más digno que pudo recuperar fue una camiseta blanca, un par de viejos tejanos y unas chanclas, pero tendría que conformarse. Después de dejarlo todo sobre una silla, corrió de vuelta al baño, desnudándose sobre la marcha. No perdió el tiempo en meterse bajo la ducha, agradecida.

Cuando terminó, recogió las primeras toallas que encontró a mano. Después de envolverse la cabeza en una, acababa de cubrirse con otra mientras salía a la habitación cuando...

Pálida por la impresión, se quedó paralizada, aferrando con fuerza la toalla. El jeque de A'Qaban en persona estaba repantigado en el sofá. Sorprendida, excitada y avergonzada a la vez, retrocedió un par de pasos hacia el baño... consciente de que la toalla se le estaba resbalando.

–¿Quién... quién te ha dejado entrar?

–Tu mayordomo.

–Mi... ¿qué? –ni siquiera sabía que *tuviera* un mayordomo. ¿Cuántos hombres invisibles compartirían aquella suite con ella?

Raffa se levantó entonces e hizo lo último que Casey esperaba.

–¿Qué estás haciendo? –retrocedió, nerviosa, viéndolo acercarse con paso decidido.

–Pensé que podrías necesitar esto.

Parecía perfectamente relajado. Sin dejar de mirarla a los ojos, le tendió la ropa que había dejado antes sobre una silla.

–Los clientes suelen usar este lugar como salón de reuniones y área de recepción –le explicó.

«E imagino que no corren por ahí desnudos», pensó Casey, con la espalda a la puerta del cuarto de baño.

–¿Podrías...? –¿cómo lograr hacer el gesto adecuado sin que se le cayera la toalla?

Afortunadamente, Raffa se le anticipó.

–¿Darme la vuelta?

–Por favor...

–Cómo no.

Fue todo un alivio poder relajar su adusta expresión mientras se daba la vuelta. Casey tenía un aspecto tan adorable, recién salida de la ducha... Tuvo que recordarse que ésa no era una cualidad que buscara, necesariamente, en sus empleados.

–Vale, ya puedes volverte.

Representaba toda una novedad que le concedieran permiso para algo. Pero últimamente estaba cansado de que le dieran siempre la razón y se esforzaran de continuo por complacerlo, y valoraba mucho a las mujeres que se le plantaban. O, mejor dicho: los *empleados* que se le plantaban.

–¿Necesitabas algo? –le preguntó Casey mientras se alisaba la ropa.

–La excursión de compras –le recordó.

–Ya la tenía prevista. Pensaba llamar un taxi.

–No hay necesidad.

–¿Cómo que no hay necesidad?

Cuando vio que ladeaba la cabeza y lo miraba con un brillo de ingenuidad en sus ojos azules, Raffa tuvo una especie de sobresalto. Aquella mujer lo afectaba como ninguna otra lo había hecho antes. Pero eso no evitó que siguiera adelante con su plan.

–Yo te acompañaré.

Capítulo Cuatro

La limusina oficial se había retirado y en su lugar apareció un deportivo color rojo.

–¿Querías ir de compras, no? –le recordó Raffa al ver que se había quedado clavada en el sitio, contemplando el coche con expresión perpleja.

–Claro que sí, pero...

–¿Pero qué?

Pero era un coche pequeño donde era muy posible que acabaran rozándose. Donde compartirían el mismo aire, el mismo aliento. ¿Qué podía decir? No podía admitir que no confiaba lo suficiente en sí misma como para sentarse tan cerca de él sin que su cerebro empezara a derretirse…

–Te recuerdo que las tiendas no estarán toda la noche abiertas.

Sólo entonces se decidió. Abrió la puerta y, con toda la elegancia de que fue capaz, hizo las contorsiones necesarias para meterse por una abertura semejante a la de un buzón de correos.

–El asiento es anatómico –le explicó Raffa.

–Estupendo –fingió un tono animado, esforzándose por permanecer imperturbable cuando él se sentó al volante.

Se estaba mostrando muy amable con ella. No tenía ninguna necesidad de hacer todo aquello.

Como ella tampoco necesitaba mirar sus fuertes y

hábiles manos al volante, ni sus piernas... Pero podía distinguir los músculos de sus muslos mientras conducía, llamando poderosamente su atención. Alzó la barbilla a la vez que él se bajaba sus gafas de sol para fulminarla con su mirada:

–Es un centro comercial muy grande. Dime más o menos lo que necesitas para ver dónde aparcamos.

–Sólo un traje práctico y funcional.

–¿Que piensas llevar con tus chanclas? No me hagas perder el tiempo –le advirtió, subiéndose de nuevo las gafas.

Casey se volvió para mirarlo. Se notaba que no le gustaba comprar: eso podía entenderlo. Pero quizá, sólo quizá, podría aprovechar aquella oportunidad para sacar ventaja de aquella excursión de compras.

–¿Sabes? Apenas puedo esperar para...

El resto de la frase quedó ahogada por el rugido que hizo el poderoso motor del deportivo al arrancar.

Daría a Casey las mismas oportunidades que había dado a los demás candidatos.

–¿Y luego?

Fracasaría, y entonces él la mandaría de vuelta a casa, por supuesto. Apretó los labios mientras su cuerpo batallaba contra su buen sentido. Sería interesante ver cuál de ellos terminaba ganando.

Entró en el aparcamiento, donde un portero ya los estaba esperando.

–¿Llevas dinero? –le preguntó, antes de que llegara a bajarse. Seguía dispuesto a ayudarla, pero ella ya se había vaciado los bolsillos del pantalón, para sacar unos pocos billetes, que le enseñó. Se la quedó mirando con gesto dubitativo–. ¿Crees que tendrás suficiente con eso?

–Me sobra para lo que necesito –respondió, alzando la barbilla–. Es más de lo que suelo gastarme.

Raffa se limitó a arquear una ceja, sin decir nada. La siguió al interior del centro comercial mientras los guardias bajaban discretamente de sus coches. Enseguida les hizo una seña para que permanecieran en un segundo plano, mientras Casey consultaba el directorio de la entrada. Segundos después entraba con paso decidido.

La siguió interesado. Los centros comerciales de A'Qaban albergaban las mejores marcas. La mayoría de las tiendas no revelaban algo tan vulgar como el precio de sus artículos. Tuvo que recordarse que había traído a Casey a A'Qaban para poner a prueba sus capacidades, no para humillarla, así que se preparó para intervenir antes de que fuera demasiado tarde.

Esperó en la entrada de la primera boutique para ver cómo se las arreglaba. Tal y como había previsto, las empleadas se mostraron displicentes con ella nada más ver su aspecto: de hecho, apenas se dignaron mirarla. Aquello le molestó sobremanera. Pretendía convertir a A'Qaban en una tierra de oportunidades, donde todo el mundo, fuera cual fuera su condición, fuera tratado con el mismo respeto.

Le apenó ver la turbación de Casey cuando se disponía a abandonar la tienda.

–Siento haberte hecho perder el tiempo, Raffa, pero no hay nada que me guste.

–No te disculpes –viendo su expresión abatida, y sabiendo que no había podido permitirse comprar nada, la llevó a un rincón donde nadie pudiera verlos.

Casey alzó el rostro hacia él, mirándolo con expresión desconfiada.

–Considéralo un anticipo sobre tu salario –murmuró, esperando que no se ofendiera.

–No... por favor –rechazó el fajo de billetes que le ofrecía–. Hablo en serio, Raffa.

No insistió, respetando sus deseos. Pero poco después Casey entraba en la tienda de al lado para tropezar con el mismo desprecio e indiferencia, así que decidió intervenir de nuevo. Ya había echado nuevamente mano a su cartera cuando vio que su expresión se iluminaba de pronto.

–Ah, eso es lo que necesito… –exclamó mientras se dirigía a una papelería bien surtida.

Intrigado, la siguió al interior de la tienda.

–¿Ya está? –le preguntó mientras ella pagaba los artículos que había comprado: un cuaderno de notas y un bolígrafo.

–Sí.

–¿Tienes intención de ponerte ese cuaderno como ropa? –le preguntó, irónico.

–Por supuesto que no –replicó, aferrando la bolsa contra su pecho como si fuera un escudo.

–Era una broma.

No por primera vez percibía Raffa el miedo que le tenía... como hombre. Aquello lo intrigaba, pero por el momento lo dejó estar.

–¿Vienes?

Alejó a sus guardias con una seña. Intrigado, se dio cuenta de que estaba volviendo sobre sus pasos, de regreso a la primera tienda. Esperó fuera. Las empleadas volvieron a mostrar la misma displicencia de la primera vez: la ignoraron. O al menos la ignoraron durante los primeros minutos... porque después pasaron a prestarle toda su atención. De hecho, Casey se había instalado en el centro de la tienda y estaba usando su cuaderno para redactar un aparente y detallado inventario de las prendas que estaban en venta.

–¿Puedo ayudarla en algo? –preguntó a Casey una de las empleadas.

–No, gracias –respondió educadamente–. Pero estoy segura de que yo sí puedo ayudarla a usted.

La mujer arqueó sus cejas infladas de Botox. Raffa aguzó los oídos. No podía acercarse: si lo veían, el plan de Casey se iría al garete.

–De hecho –continuó ella con el mismo tono agradable y confiado–, estoy haciendo un estudio de parte del jeque Rafar al Rafar bin Haktari sobre la calidad del servicio ofrecido en las tiendas del país –al ver que la mujer se tensaba, añadió–: El jeque es el propietario de esta boutique, ¿verdad?

–Sí, al igual que el resto de las tiendas del centro –le confirmó la empleada con una voz que, perdida toda altivez, había empezado a temblar.

–Ya me lo imaginaba. Pues ya lo ve: soy lo que se llama, en este negocio, una *cliente secreta*.

Para entonces era la empleada la que estaba más necesitada de ayuda que ella. Raffa tuvo que admitir que lo impresionó el resultado final... que no fue otro que Casey se llevó todo lo que quiso de la tienda sin soltar un céntimo.

–No me quedaré toda esta ropa, desde luego. Lo consideraré un préstamo –le aseguró con tono alegre cuando volvió a reunirse con él.

–Lo has hecho muy bien –admitió Raffa. Estaba agradablemente sorprendido. Imaginando que el cansancio del día debía de haber hecho mella en ella, improvisó un cambio de planes.

–¿Que si me apetece un zumo? Oh, sí, por favor... me muero de sed.

–Pues prepárate para la que tendrás en el desierto.

Vio que se ponía instantáneamente alerta, claramente no tan cansada como había supuesto. Ambos sabían que la promesa de una visita al desierto significaba que aún seguía en la carrera hacia el puesto. Aún tenía posibilidades.

La combinación de manzana y menta del zumo resultaba deliciosa... pero no tanto como la vista de los rojos labios de Casey sorbiendo por la pajita.

–En algún momento durante mi estancia aquí... –reflexionó ella en voz alta, mordiéndose el labio– me gustaría volver a este centro comercial.

–¿Para hacer qué?

–Para hacer un estudio de verdad.

–Continúa.

–Bueno, me parece que algunas de estas tiendas tienen un aspecto muy poco... invitador.

Raffa se dijo que aquello era un eufemismo, como poco.

–Si estás pensando seriamente en incrementar el número de visitas, en consonancia con el crecimiento de la industria turística, creo que tu plantilla necesitaría una preparación adecuada. Eso incentivaría las visitas y haría aumentar sustancialmente los beneficios.

–¿Eso crees?

–Sí –le aseguró ella con tono confiado, ya plenamente en su papel de directora de marketing–. Algunos no somos tan ricos como alguna gente, pero nuestro dinero es igual de válido.

Vio que le brillaban los ojos; luego, como si de repente hubiera recordado con quién estaba hablando, bajó la mirada. Le gustaba la manera en que cobraba confianza en sí misma cuando pasaba a hablar de negocios, pero... ¿adquiriría esa misma confianza en su vida personal, privada?

Apuró su zumo y, una vez agotado el tema de conversación profesional, pareció nuevamente desorientada, perdida. Al ver que empezaba a ruborizarse, Raffa sintió el impulso de tranquilizarla.

–Lo estás haciendo bien –le apretó brevemente una mano, sobre la mesa, para darle seguridad.

–No te preocupes por mí. Estoy bien, de verdad –le aseguró, dando un respingo. Luego, ganando algo de confianza, añadió–: No vayas a pensar que me estoy fiando únicamente de mi intuición. Tengo una licenciatura en...

–¿Compras en centros comerciales? –sugirió, bromista.

–Mercadotecnia –lo corrigió con tono solemne.

Eso le gustó. Nadie lo interrumpía ni lo corregía: nunca. Y le gustó más todavía ver que, acto seguido, volvía a ruborizarse y bajaba la mirada. Le gustaba demasiado, pensó mientras se levantaba de la mesa.

–¿Nos vamos? –le sacó la silla al tiempo que despachaba a los guardias con un gesto discreto–. Te llevaré directamente de vuelta al hotel. Pareces cansada.

Capítulo Cinco

Pero Casey no se fue directamente a la cama, sino que se quedó levantada analizando la pequeña cantidad de datos que había logrado reunir en el centro comercial. Incluso los pasó a ordenador. Quería impresionar a Raffa.

Ya de madrugada cerró el portátil, tomó un baño e intentó dormir. No pudo. Su cerebro seguía trabajando a toda velocidad. Levantándose de la cama, se puso una bata, recogió el diario del día anterior, el *A'Qaban Times*, y buscó las páginas de negocios. Lo que encontró fue una verdadera revelación:

¡Matrícula de coche vendida en subasta benéfica por tres millones de dólares!

«Mi padre me dio un cheque en blanco para comprar una nueva licencia de matrícula para mi cuatro por cuatro», informó joven de la alta sociedad.

¡Increíble! Dejó caer el diario sobre la cama y se puso a pasear por la habitación, intentando imaginarse aquella cantidad en billetes. La montaña que formarían seguro que enterraría al propio todoterreno... Pero si el pensamiento de un gasto tan excesivo contradecía sus principios, al menos era un consuelo pensar que había sido por una buena causa. Y no debía perder de vista su objetivo principal, que no era otro que conseguir el ansiado puesto de directora de la agencia de Raffa. Así que se olvidaría de cheques en blanco, matrículas de coche y jóvenes de la alta sociedad mimados y caprichosos... Y del propio Raffa.

Porque si no lo hacía, no lograría dormir nunca.

Debió de haberse dormido muy tarde, pensó Casey mientras se despertaba lentamente, viendo como la luz del amanecer se filtraba por las persianas. Ronroneando de contento, decidió regalarse una hora más de sueño. Alta y enorme, la cama tenía finas sábanas blancas que olían a jazmín: era tan fantástica como todo lo demás de aquel hotel. Como el sueño que estaba disfrutando, concluyó mientras hundía la cara en las almohadas. Había incluso un teléfono de aspecto fantástico en la mesilla, al alcance de la mano...

Un teléfono que estaba sonando. Esbozando una mueca de desagrado por la indeseable interrupción, estiró una mano hacia el aparato.

–¿Di... ga?

–Diez minutos. Te espero en el vestíbulo.

¡Raffa! Se sentó rápidamente. La comunicación se cortó antes de que tuviera oportunidad de replicar algo.

Rodando fuera de la cama, fue a parar al suelo. Se incorporó tambaleante, todavía medio dormida, para dirigirse al cuarto de baño tropezando con todo aquello que encontró a su paso. Abrió el grifo del agua fría. Después de respirar profundo, se colocó bajo el chorro... y volvió a salir, aterida. Le castañeteaban los dientes cuando cambió a la caliente y entró de nuevo. Se lavó el pelo, se enjabonó rápidamente y se aclaró. Mejor. Mucho mejor.

Tras envolverse la cabeza en una toalla, se lavó los dientes y se echó desodorante. Ahora sí que estaba definitivamente despierta. De vuelta en el dormitorio, rebuscó en su mochila y sacó sus pudorosas bragas. Después de elegir un sujetador a juego, igualmente pudoroso, para que no se viera debajo de la blusa que había comprado, escogió un pantalón oscuro y el cárdigan rojo, mejor que la chaqueta.

No tenía tiempo para maquillarse, y su pelo era como una explosión de algodón de azúcar que probó a recogerse con una banda mientras corría hacia la puerta. Estaba a punto de agarrar el picaporte cuando se detuvo de golpe. ¿Qué pasaba con el estudio en el que había estado trabajando la noche anterior?

De paso que lo recogió, se perfumó un poco con el aroma que había comprado en el avión. Listo. Con la carpeta bajo el brazo, cuando todavía faltaban dos minutos para el plazo de diez, abrió la puerta.

–¡Oh!

–Buenos días a ti también. ¿Interrumpo algo?

No, no interrumpes nada –soltó una temblorosa carcajada–. Simplemente me estaba dando prisa. No quería hacerte esperar.

–No lo has hecho. ¿Te apetece desayunar?

Se apartó del marco de la puerta y se irguió, con lo que a Casey volvió a entrarle complejo de liliputiense. Llevaba camisa blanca, corbata de seda azul y traje oscuro. Estaba tan sumamente sexy...

–¿Qué es lo que llevas bajo el brazo? –le preguntó él.

–Una carpeta.

–¿Puedo verla?

Casey se la entregó.

–¿Qué es?

–Un estudio preliminar sobre lo que vi en el centro comercial.

Sin gafas oscuras que ocultaran sus maravillosos ojos, Casey se sintió como si estuviera debajo de un potente microscopio, con sus más recónditos secretos expuestos a la luz del día.

–¿Vamos? –la invitó, señalando la fila de ascensores del fondo del pasillo.

Tuvo que obligarse a dejar de mirarlo primero, lo cual no era tan fácil. Más que pasillo, era una verdadera avenida: con techos de bóveda decorados con rosetas y querubines, ricas alfombras y columnas de capiteles dorados. Si ése era el hotel insignia de Raffa... ¿cómo sería su palacio? Aunque tampoco esperaba verlo, por supuesto...

Llegó prácticamente mareada al atrio acristalado donde se hallaban los ascensores. ¿Por su miedo a las alturas o como reacción a la visión de Raffa en traje de ejecutivo? Porque estaba todavía más sexy que con tejanos. ¿O acaso por la fantasía que acababa de asaltarla, en la que se imaginaba a sí misma aflojándole la corbata y despojándolo de la chaqueta, como si fuera una persona completamente diferente? ¿Y delante de sus guardaespaldas?

Se estremeció cuando los hombres de negro surgieron de entre las sombras. Pensó que tendría que acostumbrarse a la idea de que Raffa nunca estaba solo. ¿Se quedaría alguna vez solo? Se negó a seguir aquel rumbo de pensamientos. Mientras lo precedía al ascensor de cristal y sentía su presencia detrás, como una poderosa fuerza que le erizaba el vello de la nuca, se preguntó si percibiría de alguna manera la atracción que sentía hacia él.

–¿Te gusta el hotel, Casey?

–Mucho. Gracias –mantenía la vista fija al frente. Aquélla no era la ocasión más adecuada para explicarle que le aterraban las alturas. Ni para reflexionar sobre el hecho de que estaban bajando por el lateral de uno de los más altos rascacielos de la ciudad a velocidad de vértigo. Fue un alivio cuando Raffa se colocó frente a ella, tapándole la vista. O, al menos, lo habría sido si no se hubiera acercado tanto...

–¿Te dan miedo las alturas? –le preguntó, frunciendo el ceño–. Deberías habérmelo dicho.

«¿Para qué?», se preguntó para sus adentros. En aquel momento no tenía más remedio que mirarlo a él, o más bien a su amplio pecho.

–¿Tienes frío? –no parecía haberle pasado desapercibido el estremecimiento que la recorrió.

–No. Sólo estaba pensando.

–¿Te importaría compartir conmigo esos pensamientos?

¿Sus eróticos, lascivos pensamientos? Ni hablar.

–Estaba pensando en una noticia que leí en el periódico –fue lo primero que le vino a la cabeza; tampoco era una mentira–. Hablaba del precio pagado por la licencia de matrícula de un coche...

–Cuéntame más.

–Alguien pagó por ella tres millones de dólares. Eso es muchísimo dinero. Simplemente me preguntaba si ésos eran los precios habituales de las subastas de A'Qaban...

Un extraño brillo asomó a sus ojos.

–Puede. Depende del subastador. ¿Por qué quieres saberlo?

–Simple curiosidad –admitió ella. Sentía curiosidad, sí, pero también inquietud por encontrar alguna manera de derivar semejantes cantidades de dinero en beneficio del país entero, y no de unos pocos–. ¿Vamos a alguna reunión? –le preguntó mientras el ascensor reducía la velocidad.

–Primero necesitaremos llegar a conocerte mejor.

–¿*Necesitaremos*? –se le hizo un nudo en la garganta.

–Una vez que te haya presentado a mi equipo.

Casey se integró en su equipo como si llevara años trabajando con ellos. Hablaban el mismo lenguaje. Ya no era la joven torpe que había aterrizado en A'Qaban el día anterior, sino una competente y capaz ejecutiva. En aquel momento estaba coordinando su primera reunión con bastante más aplomo del que había esperado Raffa.

La escuchaba atentamente mientras relataba a su equipo los descubrimientos que había hecho en el centro comercial, ayudada del Powerpoint. Su pantalón ajustado delineaba perfectamente su figura, mientras que el cárdigan colgaba de sus finos hombros: todo ello enfatizaba la feminidad que al mismo tiempo ponía tanto empeño en disimular. Aquello lo intrigaba. ¿De qué tenía tanto miedo?

Para cuando dio por terminada la reunión, se le había ocurrido una idea. El candidato triunfador sería alguien capaz de funcionar con la misma eficacia fuera de la oficina como dentro. De manera que la siguiente prueba a la que se enfrentaría Casey era obvia.

Capítulo Seis

–¿Por qué estamos aquí? –inquirió Casey, asomándose a la ventanilla de la limusina cuando aparcaron delante de uno de los almacenes del muelle.

–Porque quiero enseñarte algunas de las cosas que tendrás que vender.

–¿*Vender*? ¿Qué? ¿Dónde?

–Espera y verás.

Pensó en lo bonita que se ponía cuando esbozaba aquella sonrisa con el ceño levemente fruncido. Adelantándose al chófer, se ofreció a ayudarla a bajar del vehículo.

–Entremos.

Accedieron por una pequeña puerta a un espacio inmenso lleno de todo tipo de cosas: desde un Hummer hasta una sala llena del material necesario de cinco equipos de polo.

–¿Qué *es* todo esto? –inquirió.

Raffa casi podía escuchar las ruedecillas de su cerebro funcionando. Probablemente se estaría imaginando una tienda donde tendría que poner todas aquellas cosas en venta, bajo un mismo techo. Y preguntándose cómo se las iba a arreglar para hacerlo.

–Aún no hemos terminado –le advirtió mientras la llevaba por una nave flanqueada por filas de cajones altos hasta el techo.

–¿Qué es todo esto? –repitió.

Su voz sonaba tensa y excitada, aunque mantenía las distancias mientras caminaban.

–Te gustan los desafíos, ¿verdad?

–Sí.

–Entonces vayamos al *santuario*.

Había guardias en la puerta. Y códigos de seguridad, incluido un sistema de reconocimiento de iris. Una vez dentro, Raffa fue testigo de su estupor cuando se encontraron en una oficina de aspecto normal, relativamente confortable, nada que ver con el resto del almacén. Una vez cerradas herméticamente las puertas, accionó una palanca y una gran caja fuerte empezó a surgir del suelo.

Sacando un llavero electrónico, se acercó a la caja fuerte para teclear la clave: cada pocos segundos pulsaba el llavero. Podía escuchar cómo Casey contenía el aliento cuando la puerta se abrió de pronto, como por arte de magia. Después de retirar un pequeño maletín de piel, le sugirió que se sentara.

–Lo pondré encima de la mesa –le dijo–. Así podrás verlo mejor. Hay cosas aquí dentro que no quiero que se pierdan...

Vio que Raffa sacaba otra silla y se sentaba a su lado, sin tocarla. Le resultaba difícil relajarse, pero *debía* hacerlo si pretendía concentrarse. Aspiró profundo, deleitándose con su cálido aroma... Y se quedó boquiabierta cuando él le enseñó uno de los fabulosos huevos de Fabergé.

–Oh, Dios mío... –no tenía palabras.

Tenía experiencia en vender muchas cosas, pero nada como aquello. Así que por un instante llegó a temer que estuviera destinada a fracasar en aquella prueba. Raffa continuó mostrándole su tesoro. Recordando su asombro por el precio pagado por la licencia de matrícula del todoterreno, en la noticia que había leído en el periódico, Casey llegó a la conclusión de que iba a tener que acostumbrarse a aquello. Y a dejar de distraerse con Raffa, que en aquel momento estaba manipulando aquellas maravillas con reverencia, haciendo gala de un exquisito cuidado. Nunca había visto a un hombre tan fuerte y poderoso desplegar semejante sensibilidad. Debió de haberse estremecido involuntariamente, porque de repente vio que alzaba la mirada.

–¿Te encuentras bien? –le preguntó él con tono suave.

Se pasó una mano por la frente, fingiendo concentrarse en un impresionante collar de diamantes y esmeraldas que él acababa de sacar de un estuche forrado de terciopelo.

–¿Qué clase de infraestructura comercial tienes en mente para vender todo esto? Tengo que ser sincera contigo y confesarte que jamás he vendido cosas de tanto valor.

–Poca gente lo ha hecho –repuso–. Pero tú eres capaz de vender cualquier cosa, según tu currículum.

–Por «cualquier cosa» habría que entender proyectos o ideas, y no objetos tan carísimos como éstos.

–Entonces ya va siendo hora de que amplíes tus horizontes –la desafió él.

¿Cómo habían llegado a acercarse tanto? Sus rostros casi se estaban tocando. Ambos se habían inclinado sobre el deslumbrante montón de joyas que descansaba sobre la mesa como dos niños que estuvieran examinando el tesoro de un pirata.

–Entonces, ¿qué piensas? –insistió Raffa mientras jugueteaba con un precioso collar de esmeraldas y diamantes.

«Precisamente lo que no debería», respondió ella para sus adentros, deseosa de poder concentrarse en lo único importante: el puesto al que estaba aspirando.

–¿Casey?

De inmediato puso su cerebro a trabajar:

–Lo primero que haría sería contratar a expertos para que me asesoraran y ayudaran. Sólo entonces me atrevería a intentar venderlos.

–Bien pensado –dijo él, recostándose en su silla–. ¿Sabes una cosa? Creo que los zafiros te sentarían mejor –añadió, viendo como jugaba distraídamente con el collar de esmeraldas.

–¿De veras? –cometió el grave error de mirarlo con expresión interrogante.

–De veras –murmuró.

Tragó saliva cuando, después de seleccionar un fabuloso collar de zafiros del montón de joyas, Raffa le retiró delicadamente la melena para luego ponerle la banda de finísimas piedras azules en torno al cuello. Casey fue agudamente consciente del repentino silencio que se hizo en la sala, así como del temblor de su propia respiración. No podía moverse si no quería romper la magia de aquel momento. Su discreto y recatado exterior no parecía insinuar pista alguna sobre los ardientes pensamientos que bullían en su cabeza.

Era otro violento recordatorio de que el hecho de no poseer experiencia alguna sobre sexo no era garantía de que no pensara en ello. Al contrario. Estaba pensando en sexo, sí, y precisamente en el momento más inoportuno. Justo en aquel instante... cuando el cálido contacto de los dedos de Raffa en su cuello le estaba haciendo cada vez más difícil permanecer inmóvil.

Como si todo ello no fuera suficientemente peligroso, cuando Raffa le cerró el broche... Casey experimentó un deseo incontenible. Insoportable.

–Será mejor que no me acostumbre a llevar esto –recuperando decidida el buen sentido, alzó las manos, se quitó el collar y se lo devolvió.

–No es malo permitirse una pequeña fantasía de cuando en cuando.

–Siempre que no confundas la fantasía con la realidad –replicó ella, y añadió en un murmullo, mientras Raffa procedía a guardar las joyas–: Me pregunto para quién estarán destinadas...

Vio que se la quedaba mirando a los ojos por un momento. ¿Era posible desear con tanta desesperación a un hombre? ¿Y al mismo tiempo sentir tanto miedo de las consecuencias de aquellos sentimientos?

Raffa no pareció percibir aquellas sombrías reflexiones mientras continuaba guardando las joyas en sus estuches.

–Los zafiros te sientan muy bien. Acuérdate de lo que te digo. Son del mismo color que tus ojos.

–Oh, me acordaré –le aseguró con una sonrisa irónica–. La próxima vez que vaya de joyerías, los zafiros figurarán en el primer lugar de la lista –era consciente de que pertenecían a mundos distintos.

Raffa también sonrió. Así que tenía sentido del humor... De repente la sorprendió al agarrarle firmemente las manos.

–Junta las manos así... –se las puso como formando un cuenco–. ¿Lista?

Asintió, tensa.

–Lista.

Recogiendo un saquito atado con una cinta, lo abrió para verter un puñado de gemas en sus palmas. De todos los colores imaginables.

–¿Es esto lo que tengo que vender? Me temo que voy a necesitar alguna ayuda –ya estaba frunciendo el ceño mientras se preguntaba dónde iba a encontrar a los expertos adecuados.

–Si no puedes hacerlo…

–Sí que puedo –se encontró con que su mirada había cambiado: ya no había calor en ella, sino una solemne expectación–. Ya encontraré quien me ayude a calibrar su valor en el mercado. Me las arreglaré –le aseguró con tono firme–. Mi única preocupación será encontrar un lugar seguro para exponerlas.

–Eso corre de mi cuenta. ¿Algo más?

–Aparte de eso, supongo que tendré que venderlas lo suficientemente rápido para satisfacer tus expectativas…

–Error –la interrumpió Raffa–. No espero que tú las vendas.

Casey frunció el ceño a la espera de una explicación.

–¿Cómo?

–Vas a subastarlas.

Casey se lo quedó mirando asombrada. Era una ejecutiva, sí, pero no estaba acostumbrada a tales cosas. No tendría ninguna posibilidad de hacer de eficaz directora de una subasta.

–Tu tarea será subastar estas piezas en un evento benéfico que significa mucho para mí.

–¿Qué clase de evento?

–Un gran baile que tendrá lugar de aquí a tres días para celebrar... –frunció los labios.

–¿Tu reciente coronación? –sugirió Casey.

–Llámalo como quieras –repuso, irónico–. Lo principal es que el evento tendrá lugar por la noche.

Pero, pese a su tono indiferente, Casey podía ver que su mirada era especial: en sus ojos ardía toda una idea de su país, una visión de futuro.

–El dinero recaudado servirá para ayudar a mis comunidades beduinas.

–Por favor, háblame de ellas –le pidió ella.

–Son gente nómada. Nosotros los asistimos con helicópteros: ambulancia, escuelas ambulantes, infraestructura médica...

–Esa subasta... –se le secó la garganta cuando pensó en la responsabilidad que Raffa le había otorgado. No te fallaré.

–No falles a nuestros beduinos –la corrigió él–. Todos dependeremos de ti para sacar la mayor cantidad posible de dinero.

–Hay muchísimos artículos aquí, al igual que en el almacén. ¿De cuánto tiempo dispondré? –esbozó una mueca al pensar en la complicada logística que sería necesaria para mover todo aquello.

–Si tienes alguna duda, deberías renunciar ahora.

–Puedes confiar plenamente en mí. Te prometo que lo conseguiré.

–¿Estás segura?

–Completamente. Por supuesto, necesitaré alguna ayuda para organizar la subasta –su cerebro ya estaba funcionando a toda velocidad.

–Contarás con la ayuda de planificadores profesionales y de mi equipo. Lo único que tendrás que hacer será dinamizar la subasta. Vende todo esto... –hizo un gesto amplio, abarcando el almacén– y saca lo máximo posible. Ni más ni menos.

Fue entonces cuando se le ocurrió una idea. Una idea que le infundió una repentina y serena confianza.

Había decidido llevar a Casey a algún lugar donde pudiera relajarse, al paso que continuaban conociéndose mejor. Si iba a trabajar para él, tendría que conocerla a fondo. Y si salía bien librada de la prueba de la subasta, se convertiría en una seria candidata para el puesto. Ella aún no lo sabía, pero todos los demás candidatos se habían echado para atrás a esas alturas. O bien los había despachado antes a su casa.

Con Casey, había tenido el presentimiento de que podía otorgarle aquella confianza, aquella oportunidad. Tendría una solución de recambio en caso de que cambiara de opinión en el último momento. Aquella subasta era demasiado importante para que pudiera ponerla en riesgo por un capricho. Pero, mientras durara aquel capricho...

–Sube –le dijo, al ver que vacilaba ante la puerta del vehículo.

–¿Adónde vamos?

Seguía desconfiando. Le sorprendía y atraía a la vez lo rápido que podía pasar de la confianza y la seguridad a la duda y a la timidez.

–Pienso invitarte a una bien merecida copa. O a comer, si quieres. ¿Y bien? ¿Qué esperas? No es tan difícil: ¿sí o no?

Sabía que estaba esperando a recuperar el coraje y la autoconfianza. En aquel momento debía de estar preguntándose cómo podría superar sus inseguridades personales en compañía de un hombre que no parecía tenerlas.

Raffa la llevó a lo que debía de ser el club más popular de la capital, a juzgar por el fabuloso surtido de marcas de vehículos que estaban aparcados en la puerta. Era evidente que allí lo conocían, pero eso no parecía importarle. De hecho, no reclamó trato especial alguno cuando el director del local se acercó a recibirlos.

–¿Lista? –le preguntó, ofreciéndole su brazo.

Habría apostado lo que fuera a que las glamurosas mujeres que acababan de entrar unos segundos antes no habían comprado su ropa en la misma tienda que ella. Le parecía increíble que estuviera a punto de aceptar el brazo de un jeque. Podía sentir su seguridad, su fuerza, y por un fugaz instante pudo imaginarse perfectamente lo que sería tener a un hombre como él en su vida. Porque con Raffa se sentía maravillosamente atendida y protegida.

Pero ella no estaba *con* Raffa, se recordó antes de que su imaginación acabara por imponerse a su buen sentido. Él era su jefe y la estaba invitando a comer. Y sin embargo el contacto de su mano en su brazo y de su cuerpo rozando el suyo...

–¿Por qué tiemblas? ¿Tienes frío? –le preguntó mientras seguían al maître.

¿Frío? Estaba helada. Raffa le dio un reconfortante apretón.

–Coraje –murmuró, acariciándole la oreja con su aliento–. Muchos de tus potenciales pujadores de la subasta estarán aquí. Supongo que querrás causarles una buena impresión.

Capítulo Siete

–Háblame de tu familia, Casey.

–¿Mi familia? –se le hizo un nudo en la garganta. ¿Qué tenía que ver su familia con el puesto al que estaba aspirando? Intentó tranquilizarse diciéndose que era una pregunta perfectamente aceptable para que se la hiciera cualquier jefe.

–Somos muy normales.

–¿Ah, sí? ¿Por qué no me dejas que sea yo quien decida eso?

–Estoy segura de que nos encontrarás terriblemente aburridos.

–Y yo estoy igualmente seguro de que no será así... –mientras hablaba, Raffa se irguió y apoyó las manos sobre la mesa con las palmas hacia abajo.

–Ya has leído mi expediente...

–Sí, sobre el papel sé mucho sobre ti. Pero quiero que tú me lo digas. Mi intención al traerte a A'Qaban, Casey, ha sido precisamente la de ir más allá de los papeles y las informaciones escritas. Necesito conocerte.

–Sí, pero entiendo que...

–Lo que entiendo yo es que el trabajo de tus padres es un tanto… inusual –la interrumpió, utilizando un reconfortante tono de voz–. Pero tú no tienes por qué sentirte avergonzada de ello.

–Yo no... –descubrió en sus ojos una luz de genuina calidez.

–¿Por qué no me hablas de ellos?

–A mí no me parece mal su trabajo –admitió. Ella misma se dio cuenta de que, muy a su pesar, la frase había sonado a mentira.

–Continúa –la animó Raffa.

¿Cuánto desearía saber? Nunca antes había hablado de la ocupación de sus padres con nadie que no fuera de la familia. ¿Cómo habría podido hacerlo, cuando nunca podría llevar a un hombre a «conocer a su familia», sabiendo que cualquier candidato sería considerado una rata de laboratorio y examinado por sus padres, terapeutas sexuales, antes de ser incorporado a su último banco de datos?

–¿Sabes tú a qué se dedican?

–Claro –contestó él con tono práctico–. Son especialistas conocidos. De fama mundial en su campo.

No se burlaba. De repente Casey se dio cuenta de que estaba verdaderamente interesado.

–Yo nunca me olvido de que, hasta cierto punto, todos somos un producto de nuestro ambiente. De manera que es natural que sienta curiosidad por tus influencias formativas.

–Y también que quieras saber si soy capaz de hablar de ellos sin sentirme avergonzada. Se trata de eso, ¿verdad? –le espetó con tono brusco–. Pues me siento orgullosa de los logros de mis padres –eso era cierto: habían ayudado a muchísima gente. Excepto a ella, por supuesto.

–¿Entonces la tuya fue una familia feliz?

–Absolutamente. Puede que mis padres resultaran poco convencionales para alguna gente, pero siempre me tuvieron en su lista de prioridades y fueron dos modelos de comportamiento para mí.

Raffa se echó hacia atrás en su asiento, reflexionando sobre aquella frase. Casey estaba más que acalorada. Era la primera vez que sacaban a colación de una manera tan abierta un tema que siempre había sido tabú.

–Tienes suerte –le dijo él–. Por desgracia, yo no llegué a conocer a mis padres.

No añadió nada más, y Casey respetó su silencio. Lo que ella le había revelado a regañadientes resultaba insignificante en comparación con lo que Raffa acababa de decirle. Era algo tan inesperado que, por un instante, se quedó consternada. Ambos se habían sincerado, quizá más de lo que habían pretendido. ¿Cómo había sido posible?

–Es por eso por lo que este país significa tanto para mí –de repente, los ojos de Raffa habían empezado a arder de pasión–. Estoy invirtiendo todo lo que tengo, todo lo que soy, en el futuro de A'Qaban. Me he preparado durante toda mi vida para este momento.

Sus palabras la conmovieron profundamente. Pero él no necesitaba «conmover» a nadie: necesitaba actuar, y Casey confiaba en poder ayudarlo si le ofrecía la oportunidad.

–Te apoyaré en todo lo que pueda –le aseguró–. Triunfaremos.

Raffa se levantó entonces, disponiéndose a marcharse.

–¿Por qué habría de creerte, Casey Michaels?

–¿Quizá porque aún no te he fallado? –conduciría aquella subasta en su nombre y el evento benéfico sería un éxito. Costara lo que costara.

***

Casey se estremeció de deleite cuando Raffa le abrió galantemente la puerta del coche. Pasó lo suficientemente cerca de él como para sentir su energía y aspirar el aroma de su colonia. Sus padres solían decirle que sólo un tipo de hombre muy determinado acabaría a la postre con su autoimpuesta castidad. Y ella no tenía ninguna duda de que Raffa era precisamente esa clase de hombre. Pero imaginar que algo podía llegar a suceder entre ellos se le antojaba absurdo: una fantasía imposible.

–Tengo una pregunta que hacerte –le dijo él una vez que estuvieron instalados en el coche–. Si tuvieras necesidad de vivir en A'Qaban, Casey, ¿podrías hacerlo?

–Tendría que hacerlo... –fue sincera– al menos hasta que estuviera segura de que mi participación en el proyecto funcionara lo suficientemente bien.

–¿Pero podrías? –repitió.

Casey resistió la tentación de mirar sus sensuales labios, para concentrarse únicamente en sus ojos.

–Viviría en cualquier parte si así lo exigiera mi trabajo.

–¿Tus padres no te echarían de menos?

–Por supuesto que sí, y yo a ellos, muchísimo. Pero, como decía Jalil Gibran, a quien por cierto ellos citan continuamente, supongo que al mismo tiempo se alegrarían también un poco de que diera ese paso.

–¿Jalil Gibran? ¿El escritor y filósofo libanés? –sus ojos oscuros se iluminaron–. ¿Recuerdas la cita exacta?

–Claro que sí –sonrió–. «Vosotros sois los arcos desde los cuales, impulsados hacia delante, vuestros hijos vuelan como flechas».

Hubo un silencio y Raffa asintió solemne con la cabeza. Casey no pudo menos que recordar que, en su caso, la trágica muerte de sus padres lo había obligado a ser arco y flecha al mismo tiempo.

Después de haberle entregado el inventario de artículos que tendría que vender, Raffa la dejó en la puerta de la suite.

–¿De cuánto tiempo dispongo hasta que comience la subasta? –le preguntó Casey, con el fajo de papeles en la mano.

–Cuarenta y ocho horas.

–Cuarenta y ocho... –casi se atragantó con las palabras, pero recordó que debía mostrar una actitud positiva y pragmática si lo que pretendía era aprovechar aquella oportunidad.

Deseosa de perfilar mejor la idea que se le había ocurrido, Casey decidió ponerse a trabajar. Esa misma noche, después de ducharse, se puso el pijama y pidió que le subieran café. Mientras esperaba a que llegara la comida, empezó a escribir. A esas alturas, sabía ya exactamente lo que iba a hacer con la subasta.

Iba por la segunda taza de café cuando sonó el timbre de la puerta. No se movió, esperando que el invisible mayordomo se ocupara de ello, pero volvieron a llamar. Todavía concentrada en su plan, apretó distraídamente el botón del intercomunicador.

–¿Raffa? –se quedó de piedra. Raffa no sólo estaba dentro del edificio; estaba en la puerta de la suite.

Después de ponerse una bata, con el corazón latiéndole a toda velocidad, corrió a abrir. Estaba espléndido con su traje de corte formal. Y algo parecido podía decirse de los miembros del equipo, hombres y mujeres, que lo acompañaban.

–¿Podemos entrar?

En realidad no era una petición.

–¿Podéis darme un minuto?

–Dos, si quieres –repuso él, irónico.

Volvió a cerrar. Dos minutos para llamar al servicio de habitaciones, encontrar ropa más adecuada que su pijama para una reunión de trabajo y convocar al invisible mayordomo. Pidió por teléfono zumo, café, agua y pastas. Recogiéndose la melena, se la sujetó con la banda que siempre llevaba en la muñeca. Tras lavarse los dientes, se vistió y calzó a toda velocidad.

–Adelante –los invitó a entrar exactamente dos minutos después.

Raffa hojeó las notas que ella le había preparado. Su escritura no era buena, pero había acertado en todo. Saltaba a la vista que sus ideas eran magníficas.

–Me gusta –le dijo sin más antes de devolvérselas.

Las ideas de Casey eran frescas y originales; se alegraba de haberle entregado la responsabilidad de dirigir la subasta. El único problema era el gran salón que estaban utilizando en aquel momento como sala de reuniones. Era el mismo lugar donde la había visto medio desnuda, con lo cual estaba representando una seria distracción. Tuvo que recordarse severamente que su postura estaba más que clara. Casey era pura e inocente, mientras que él no. Estaba bajo su protección.

Todo lo cual no bastaba en absoluto para que dejara de desearla.

***

Los apagados murmullos de los miembros del equipo mientras discutían su propuesta servían de relajante banda sonora a los turbulentos pensamientos de Casey. Su mirada se había cruzado más de una vez con la de Raffa. Y él había alzado la vista más de una vez para sorprenderla mirándolo.

Sabía que el rubor de sus mejillas debía de traicionarla, pero no podía evitar mirarlo una y otra vez... hasta que, en esa última ocasión, sus miradas parecieron anudarse. No supo cómo interpretarlo. Aquello bastó para que, estremecida, se levantara de la mesa con una disculpa. Afortunadamente, el invisible mayordomo aprovechó aquel momento para hacer su aparición al frente de un pequeño grupo de camareros, con el pequeño festín de medianoche.

–Gracias. ¿Podría dejarlo aquí, por favor? –murmuró Casey mientras el grupo continuaba trabajando sobre su propuesta. Dentro de un momento volvería para incorporarse a la discusión, pero mientras tanto... ¿Se estaba imaginando la mirada de Raffa clavada en su espalda? Se tensó, con todos sus sentidos en situación de alerta, y procuró concentrarse en indicar a los camareros dónde debían poner las cosas.

–Gracias –les dijo al tiempo que les entregaba una propina.

–Has pensado en todo –murmuró Raffa, apareciendo de repente a su lado.

–¿Lo dices por el café? –le preguntó, esforzándose por adoptar un tono de naturalidad.

–Nos sentará muy bien a todos, seguro.

Raffa anunció entonces un descanso de diez minutos... mientras ella intentaba ignorar el efecto de su rica voz de barítono en sus sentidos.

–Parece que nadie quiere dejar de hablar –le comentó él, regresando a su lado–. Están entusiasmados por tu plan.

–Me alegro de que les guste.

–¿Que les guste, dices? Ya lo han hecho suyo.

Bajó la mirada a sus labios. Una vez más, Casey se esforzó por no reaccionar en consecuencia… y evitar así que supiera que su cuerpo anhelaba sus caricias.

–¿Volvemos a la mesa? –sugirió él de pronto, como si aquel momento tan especial nunca hubiera tenido lugar.

Terminaron la reunión a las tres de la mañana: para entonces, Casey estaba más que desvelada. Pero, como se encargó de señalarle Raffa, todos deberían dormir un poco para poder empezar de nuevo a trabajar a primera hora de la mañana. La verdad era que no estaba muy convencida de que mereciera la pena acostarse.

Raffa fue el último en marcharse. Mientras se despedían, volvió a lanzarle una fija y prolongada mirada.

Se quedó anonadada cuando le cubrió de pronto la mano con la suya. Permaneció inmóvil mientras él, con los nudillos de la otra mano, procedía a acariciarle la mejilla.

–Lo has hecho muy bien esta noche, Casey.

–Gracias... –todo pareció nublarse a su alrededor.

Quizá fue precisamente por eso por lo que tardó unos segundos en registrar que ya se había marchado.

Capítulo Ocho

Casey dejó la ropa tirada por el suelo y se derrumbó en la cama. Probablemente ya se había dormido antes incluso de apoyar la cabeza sobre la almohada, pensó cuando el despertador empezó a sonar. No había sido consciente de lo muy cansada que estaba... pero Raffa sí. ¿Sería por eso por lo que se había marchado tan de repente? Se llevó una mano a la mejilla. Su piel todavía conservaba el recuerdo de su caricia, lo cual la llevaba inevitablemente a preguntarse por lo que habría llegado a sentir el resto de su cuerpo si hubiera continuado con sus exploraciones...

«Ni se te ocurra pensar en eso», se dijo con energía mientras bajaba los pies de la cama. Sólo había dormido tres horas, pero había comenzado otra jornada de trabajo y debía estar preparada para todo lo que ordenase Raffa.

El teléfono estaba sonando para cuando salió del cuarto de baño. Apresurándose a descolgarlo, se estremeció de placer nada más escuchar aquella voz familiar:

–Esta vez no me digas que estás lista cuando no lo estás.

Aquello le arrancó una sonrisa.

–Dame cinco minutos.

***

Raffa la llevó al lugar donde se celebraría la subasta, el salón de baile de su hotel más moderno. Le mostró la lista de invitados, así como la disposición de lugares, que ella le había pedido. Casey le había asegurado que necesitaba conocer las rivalidades de los diferentes grupos dirigentes del país, algo en lo que él podría ayudarla mucho.

Hacia el mediodía ya se había hecho una buena composición de lugar, además de convencerlo de su valía como nuevo miembro del equipo.

–¿Comemos? –le sugirió.

–No tengo tiempo para comer –respondió en el instante en que llegaba la florista.

–Delega entonces –le aconsejó mientras la tomaba del brazo.

–Pero Raffa, yo...

–¿Sabes delegar o no? Espero que sepas.

–Claro que sé delegar.

–Pues hazlo entonces. Dale un voto de confianza a la florista. No puedes hacerlo todo tú sola, Casey –un brillo de humor asomó a sus ojos–. Ni siquiera yo puedo.

La llevó a su ascensor privado: suntuoso, sólo tenía capacidad para dos personas. No había guardias allí, ni paredes de cristal. Sólo un hombre y una mujer recorriendo los trescientos metros que los separaban de su fabuloso apartamento de la última planta.

Pero Raffa detuvo el ascensor a medio camino de su destino. Casey lo miró alarmada.

–¿Qué pasa?

–Nada absolutamente –mientras hablaba, apoyó una mano en la pared del ascensor, muy cerca de su rostro.

–No entiendo...

–Yo creo que sí.

–¿Has pulsado el botón de parada por error?

–Confía en ti misma, Casey –vio que bajaba la mirada–. ¿Te *gustaría* realmente que te dijera que me he apoyado en el botón de parada y lo he pulsado por error? –la miró, ladeando la cabeza. Se notaba que estaba excitada, con los labios ligeramente entreabiertos–. ¿Y bien? –insistió al ver que se quedaba callada. En un impulso, le alzó delicadamente la barbilla–. Cree en ti misma, Casey.

Podía escuchar su respiración irregular en el silencio. Hasta que recordó de repente lo muy inocente que era. El momento tendría que esperar.

–¿Tienes apetito? –le preguntó.

–Me muero de hambre –respondió Casey, aliviada.

–Pues comerás... –mientras hablaba, puso en marcha nuevamente el ascensor– aunque me temo que tendrá que ser rápido. No tenemos tiempo para la clase de banquete que tengo en mente.

Lo miró con los ojos muy abiertos. Raffa se dio cuenta de que en aquel instante estaba sumida en su mundo de fantasía: sus pupilas se habían dilatado de deseo. Tenía que darle tiempo para recuperarse. Volviéndose hacia el espejo, se pasó una mano por el pelo.

–¿Te gusta el *sushi*?

–Adoro el *sushi*.

–Perfecto –no pudo menos que sonreírse ante su contagioso entusiasmo.

En opinión de Casey, todo el mundo se merecía vivir al menos un cuento de hadas en su vida. Y aquél era el suyo, pensó mientras Raffa la hacía entrar en su fabuloso apartamento. Porque en ese preciso instante estaba con el hombre más guapo del mundo en un lugar con una decoración de ensueño.

–¿Qué te parece? –le preguntó, volviéndose hacia ella.

Con su figura recortada contra la luz que entraba por los altos ventanales que daban a la bahía, pensó que estaba maravilloso, magnífico. Un verdadero rey del desierto, plantado en su reino del león dorado.

–Espléndido.

–Ten presente que esto es solamente una habitación de hotel, y no mi hogar.

¿Una habitación de hotel? Claro. Procedían de mundos tan diferentes... Con el corazón latiéndole a la velocidad de un tren expreso, miró a su alrededor con la intención de distraerse del atractivo de su anfitrión. Atravesó el salón para contemplar varias pinturas de estilo *fauve*, llenas de color, recordando que la palabra francesa era el equivalente a fiera, bestia salvaje. Se sonrió.

–¿Te gustan? –le preguntó Raffa viendo que se acercaba para contemplar de cerca un Matisse.

–Me encantan. Son tan vibrantes... –ella estaba temblando de pies a cabeza. Tuvo que recordarse que su entusiasmo bien podía acabar con ella. Estaba a solas con Raffa: no era la mejor ocasión para despistarse.

–Me alegro de que te gusten. ¿Cuál es tu favorito?

El grupo de gente desnuda, bailando libres en la hierba, tomados de la mano...

–El paisaje...

–Ah, la vista de Collioure.

–Sí, ésa.

Pero los negros ojos habían seguido la dirección de su mirada, y en aquel momento la contemplaban con abierto escepticismo. Casey se dio cuenta de que lo único que había conseguido con aquella pequeña mentira era traicionar su falta de confianza sexual. Era una suerte que eso no contara ente los criterios que decidirían si era la mejor candidata para el puesto o no.

Sentado cada uno en un sofá, a una conveniente distancia, dieron buena cuenta de la comida que les fueron sirviendo los camareros. Los tentadores platos de *sushi* acompañados de zumo de mango eran sencillamente deliciosos. Y Raffa también lo era. Todo en él hablaba de un hombre sensualista, poseedor de una poderosa sexualidad que no conocía inhibiciones. Quizá él pudiera ayudarla a ese respecto y...

No. Lo que ella debía hacer era contenerse. Serenarse.

–Voy a sugerirte algo –le dijo él de pronto–. Y te advierto que me enfadaré si te niegas.

A Casey se le secó la garganta. Dominarse ya no le parecía tan fácil: sobre todo cuando Raffa se levantó del sofá y rodeó la mesa para dirigirse hacia ella.

–Sé lo difícil que te pones con temas de dinero.

–Yo no me pongo difícil –frunció el ceño.

–¿Por qué no te relajas mientras te digo lo que tengo en mente?

Tardó un momento en darse cuenta de que había sacado la cartera.

–¿Tienes ya vestido para el baile, Cenicienta?

Raffa parecía disfrutar manteniéndola en la ignorancia.

–Te lo explicaré de otra manera. Seguro que no

me tendrás por un detestable jefe que espera que te pagues tú misma el vestido que forzosamente tendrás que lucir en la subasta... Considéralo una especie de uniforme. Puede que de esa forma no se resienta tu buena conciencia. A no ser, por supuesto... –se interrumpió, con un brillo de humor asomando a sus ojos– que hayas traído en tu mochila algo de lo que no me haya enterado...

–¿Te refieres a un modelo de alta costura?

–Bueno, siempre y cuando no te presentes en chanclas y tejanos…

–¿O con vestimenta de safari?

Se miraron como dos viejos amigos que estuvieran acostumbrados a esa clase de bromas.

–Podrás enseñar esto en cualquier parte –le tendió su tarjeta dorada– y comprar lo que te apetezca. Quiero que luzcas algo especial... algo que te haga sentirte como una reina.

–¿Y para eso necesito gastarme tanto dinero?

–Lo que te gastes es cosa tuya. Yo sólo quiero que te sientas bien.

Si seguía discutiendo, sonaría estúpida, infantil. Eso fue lo que pensó mientras miraba la tarjeta de plástico que él le tendía.

–Gracias... –se la guardó.

Parecía sincero. Lo cual reforzó doblemente su decisión de conseguir el puesto y devolverle luego hasta el último céntimo de aquel dinero.

Capítulo Nueve

Casey creyó que se había preparado bien para su entrada en el salón de baile, pero se equivocaba. Estaba repleto de la gente más elegante y sofisticada que había visto en su vida, todos bailando al son de una gigantesca orquesta y vestidos con las mejores galas. Algunos hombres lucían medallas y condecoraciones, mientras que las mujeres exhibían todo un arcoíris de modelos de alta costura.

Esperaba de todas formas que Raffa aprobara su elección. Había intentado llegar a un equilibrio ente lo sencillo y lo moderno. El resto era mérito del equipo de mujeres que la había atendido durante horas. «Ha llegado el momento», se dijo mientras se preparaba para bajar la ancha escalera.

Como cualquier otro hombre con sangre en las venas, Raffa se interrumpió a mitad de una conversación para contemplar a Casey, que había aparecido bajo un arco de flores, en lo alto de la escalera.

Había seguido su consejo y se había dado un pequeño gusto por una vez. Pero no: había hecho mucho más que eso, a juzgar por los diamantes que exhibía y por su vestido, que desafiaba toda descripción. «Fabuloso» era el único adjetivo que se le ocurrió. Como ella.

El vestido, de chifón de seda, se cruzaba sobre el pecho antes de caer recto hasta el suelo, dándole una apariencia de diosa griega, con sus dorados hombros al descubierto. El cabello se lo había recogido en lo alto de la cabeza de una manera que la favorecía especialmente, dejando algunos mechones sueltos. Y calzaba los tacones más altos que había visto en toda su vida, lo que significaba que tenía que correr junto a ella... antes de que ocurriera un accidente.

Después de disculparse con el embajador, se dirigió al encuentro de la mujer más bella de la noche. O de la más prometedora candidata para el puesto, se recordó severo mientras subía rápidamente los escalones.

La imagen de Raffa subiendo la escalera hacia ella, vestido con las ropas de la realeza, fue mágica. Debió haber imaginado que el gobernante de A'Qaban llevaría una vestimenta especial en un evento tan importante. Así como que estaría absolutamente fabuloso vestido con aquellos ropajes flotantes de seda azul oscura y corte árabe.

–¿Me permites? –le dijo, ofreciéndole su brazo–. Agárrate a mí antes de que aterrices a los pies de la misma gente a la que tienes que encandilar esta noche.

–Por supuesto, Su Majestad –consciente de que todas las miradas estaban clavadas en ellos, le hizo una elegante reverencia al tiempo que registraba la elevada carga erótica del momento. Efectivamente: aceptar el brazo de un rey como aquél era mucho más excitante que cualquier otra fantasía que hubiera tenido en su vida.

***

Se sintió muy complacido de ver lo mucho que había ganado en confianza y seguridad, pero no tanto de descubrir que ambos eran intensamente conscientes el uno del otro, incluso en público, en una sala tan llena de gente. Sabía que Casey podía sentir su interés, y le gustaba que su expresión ya no fuera vacilante, sino directa, desafiante incluso. Aparte de eso, caminaba con una verdadera reina a su lado y su compañía, cuando procedió a presentarla, resultó una fuente constante de estímulo.

Lamentablemente, todo ello no redundaba en beneficio ni de su trabajo... ni de su pregonada capacidad de autocontrol.

El rumor de los pesados ropajes de Raffa le hizo pensar en la musculosa figura que escondía debajo. Mientras él se movía por el salón presentándola a los invitados, Casey tuvo que librar una dura lucha para no dejarse distraer por su aspecto... al igual que la mayoría de las mujeres presentes en el salón. ¿Y quién podía culparlas cuando el encanto de Raffa se combinaba de aquella forma con su imponente presencia? Su túnica estaba ribeteada de hilos de oro, al igual que el *iqal* de su tocado, y portaba al cinto una daga de aspecto temible. Una borla, la del extremo de su tocado, colgaba sobre su pecho.

Casey se acercó un poco más, aspirando su aroma, para descubrir que la borla estaba aromatizada...

–¿Te gusta el perfume a vainilla y sándalo? –dijo él.

Se apartó, ruborizada.

–Me gusta mucho... –¿era acaso posible que *no* le gustara su aroma masculino y sensual?

–Tienes razón al pensar que es la borla lo que despide el aroma –le explicó–. Forma parte de mi vestido tradicional, como el *khanjar* que llevo a la cintura... mi daga.

–¿Tu daga? –repitió Casey, sintiendo que estaba peligrosamente cerca del juego verbal de doble sentido.

–Puede que hayas notado que el *khanjar* real tiene un mango más pequeño que el resto.

¿Se estaría burlando de ella?

–Oh –¿por qué tenía la impresión de haber sonado decepcionada?

–Pero es más pesado y tiene dos filos –continuó él con una leve sonrisa–. E infinitivamente más eficaz que los otros *khanjars*, muy inferiores en calidad.

–Ah –reflexionó por un momento–. Pero si es un *khanjar* real... ¿no debería ser más largo que los demás?

–¿Por qué tengo la sensación, señorita Michaels, de que está usted flirteando conmigo?

–No, yo no... –antes de que pudiera defenderse apropiadamente, un invitado apareció al lado de Raffa.

–Embajador, me gustaría presentarle a la señorita Michaels, que organizará en mi nombre la subasta de esta noche... que por cierto amenaza con batir todos los récords –mientras hablaba, lanzó a Casey una mirada que la hizo estremecerse de pies a cabeza.

La sorpresa de que le besaran la mano no fue comparable a la que se llevó al ver la expresión de Raffa. Se le veía complacido por el honor que acababa de hacerle el embajador, y sin embargo molesto también de que la tocara otro hombre.

Raffa la deseaba, descubrió con un sobresalto, y no estaba haciendo absolutamente nada por disimularlo. Su mirada ferozmente apreciativa resultaba sobrecogedora, pero a la vez la llenaba de orgullo y de energía. Sentirse deseada por un hombre del que ya estaba enamorada era el sentimiento más maravilloso que podía existir sobre la tierra. Por primera vez en su vida, se sentía fuerte *como mujer.* Pero...

¿Podría finalmente realizar aquella fantasía?, se preguntó al tiempo que lo miraba subrepticiamente. ¿Podría llegar a acostarse con él?

Su cuerpo reaccionó ansioso ante aquel simple pensamiento, y la mirada que le lanzó Raffa vino a decirle que cualquier cosa sería posible si la deseaba con la suficiente intensidad. Supo entonces que lo quería: ansiaba que Raffa le hiciera el amor.

Excepto a Raffa y su equipo, Casey sorprendió a todo el mundo con su original manera de conducir la subasta. En lugar de quedarse en el podio, organizó una *subasta silenciosa.* Aquello intrigó a los millonarios. No hubo exhibición de ningún tipo, las pujas tenían que ser apuntadas en secreto y los pujadores desconocían quién podía estar pujando en contra del artículo de su interés.

Cundió la expectación en el salón. ¿Ofrecería tal o cual jeque o embajador más que otro? Volaban subrepticias miradas mientras los invitados intentaban adivinar lo que tendrían que pujar para hacerse con los objetos más codiciados, conforme los sobres con las pujas ya cerradas se iban echando al gran bombo que Casey había preparado.

Raffa había imaginado que los jeques preferirían pecar de prudentes y ofrecer sumas extraordinariamente altas en vez de arriesgarse ver sus pujas superadas por algún rival de inferior categoría. Y acertó. La velada fue avanzando y tuvo que instalarse un nuevo bombo, ya que el primero estaba rebosante de sobres. Durante todo el tiempo Casey se mostró modesta y encantadora, yendo de un lado a otro del salón y trabajando tanto o más duro que cualquier otro miembro de su equipo. Mientras la observaba, Raffa pensó que poseía una rara virtud: la capacidad de crecer, de convertir cualquier desafío en una victoria.

–Lo de organizar una subasta silenciosa ha sido una idea genial –le comentó cuando, después de lo que le pareció una eternidad, Casey volvió a su lado. Estaba levemente ruborizada y le brillaban los ojos de alegría.

–Gracias –repuso sin aliento–. Creo que he superado el récord que tú estabas buscando, pero no podré estar segura hasta que no hayamos contado todos los sobres... ¡Hay tantos! –se echó a reír, juntando las manos con expresión maravillada–. Hay un equipo entero de gente dedicándose a ello en este momento. La verdad es que ahora mismo debería echarles una mano y...

–Todavía no –percibió su temblor mientras la recorría con la mirada.

Casey desvió la vista, ruborizada, pero añadió con conmovedora sinceridad:

–Espero que hayamos ayudado en algo a tu proyecto de los beduinos...

–Has hecho mucho más que eso y lo sabes.

–Me gustaría pensar que sí –repuso con tono dulce.

–Serás la primera en ver los resultados de todo

esto. Te lo prometo –incluso mientras hablaba, supo sin ningún género de duda que la llevaría al desierto para que comprobara la veracidad de sus palabras. ¿De qué otra manera podría recompensar adecuadamente a una mujer como ella?

Alzando la cabeza, lo miró. Y, al ver su lenta sonrisa, Raffa se dio cuenta de que no sólo había recuperado su confianza, sino que había vuelto a ganar en seguridad en sí misma.

–Deberías volver con tus invitados –le recordó ella.

–Sí. Pero luego te llevaré al hotel.

Casey se puso instantáneamente alerta.

–A no ser que no quieras que lo haga, claro.

Se lo quedó mirando durante un buen rato hasta que repuso, tímida:

–Gracias. Me encantaría.

–Anda, ve –murmuró Raffa–. Ve a disfrutar de tu triunfo, Casey Michaels. Esta noche te pertenece.

Había revisado tantas veces las notas con las cifras que la vista se le nublaba, pero no había duda al respecto. Habían recaudado una cantidad enorme de dinero y, en ese momento, debería estar sonriendo. No era así. Tal vez fuera una ingenua y una inexperta, pero esperaba que su integridad no fuera cuestionada.

Incluso *ella* había pujado por uno de los pocos artículos de la subasta que se había podido permitir: un precioso chal, tejido por artesanas beduinas. Se envolvió en la maravillosa tela como si fuera una abrigadora manta. Era de una alpaca finísima, de color dorado y azul celeste... pero no bastaba para hacerle olvidar que la única persona que podía haberlo comprado *todo* en la subasta no había hecho ni una sola puja... Como tampoco podía olvidar que tenía roto el corazón, y que Raffa no era el hombre que había creído que era.

Casey intentó sobreponerse cuando los miembros del equipo se acercaron para enseñarle fotografías de las últimas clínicas portátiles, destinadas a la gente del interior del país. Estaba decidida a disimular sus sentimientos delante de todos los que habían trabajado codo a codo con ella. Por fuera sonreía, como ellos, pero por dentro sentía rabia y decepción de que Raffa, en su arrogancia, hubiera decidido no donar ni un solo céntimo a su proyecto.

La confianza entre ellos estaba perdida. La brusca transición del sueño a la realidad era más de lo que podía soportar. Gracias a Raffa había ganado tanto en confianza y en seguridad en sí misma, que acostarse con él había pasado de ser una erótica fantasía a constituirse en un deseo real y verdadero. Pero ahora...

Lo que más le dolía era que hubiera alabado tanto su papel en la subasta. Casey no había buscado sus elogios con la esperanza de que se tomara un interés personal por ella. En cualquier caso, se necesitaba mucho más que una cantidad astronómica de dinero para impresionarla. Era como si todo aquel evento hubiera sido más que un cínico ejercicio por parte de Raffa. Un entretenimiento para los aburridos paladares de la gente rica.

¿Cómo había podido pensar que se había enamorado de él? ¿Cómo había sido capaz su cuerpo de reaccionar de aquella forma a una simple mirada suya? Nunca podría amar a un hombre así.

–Su Majestad la está esperando –le informó discretamente uno de sus ayudantes de campo.

Abismada en sus reflexiones, Casey tardó unos segundos en responder. En el calor de su decepción se había olvidado de la promesa de Raffa de llevarla al hotel. Había aceptado antes de enterarse de que se había mantenido al margen de la subasta viendo cómo sus invitados se vaciaban los bolsillos por su buena causa.

–Gracias –le dijo educadamente al mensajero–. ¿Sería tan amable de decirle a Su Majestad que me ha entrado un inesperado dolor de cabeza y que volveré sola al hotel?

Los otros miembros del equipo ya estaban abandonando la sala de trabajo. El hombre se mostró claramente incómodo con el mensaje que debía transmitirle a Raffa, pero no había otro remedio. En el instante en que se quedó sola, lanzó una última mirada al cuarto para asegurarse de que todo estuviera recogido y se dispuso a marcharse. No quedaba nadie más, ella era la última. Apenas había traspuesto el umbral cuando sintió una tormenta acercándose. Y a la cabeza de aquella tormenta había un hombre...

No podía correr con aquellos tacones tan altos. Y tampoco podía perder el tiempo quitándoselos, cuando el gobernante de A'Qaban la estaba dando caza...

Capítulo Diez

Se habían acabado los cuentos de hadas. Después de lanzarle una furiosa mirada, Casey continuó caminando hacia la salida... dejando un zapato detrás.

Raffa la agarró apenas había salido del edificio.

–¿Qué diablos te pasa? –la acorraló contra la pared.

Giró la cara con una mueca de desprecio.

–Será mejor que me expliques lo que te sucede, Casey. Anuncié tu nombre en el escenario y todo el mundo te está esperando en el salón para felicitarte. ¿Cómo has podido dejar plantado al equipo a estas alturas?

¿El equipo? Sintió un acceso de calor y de frío a la vez. No se había dado cuenta de la enormidad de lo que había hecho.

–¡No quiero escuchar alabanzas! –exclamó, furiosa y confundida a la vez.

–No, claro. Prefieres que hagamos el ridículo, ¿verdad? El equipo te está esperando ahora mismo en el escenario, de brazos cruzados.

–Yo no tenía idea...

–No se trata solamente de ti, Casey. Hay más gente implicada.

–Pero yo...

–Les he dicho que te sentías abrumada. Que volverías con ellos enseguida, para recibir mi felicitación en compañía del resto de los miembros del equipo.

–Quieres humillarme –musitó.

–Al contrario –repuso él fríamente–. Quiero darte públicamente las gracias por todo lo que tu equipo y tú habéis hecho esta noche.

–¿Y tú, Raffa? ¿Qué has hecho *tú* esta noche?

–No sé de qué estás hablando.

–No has hecho ni una sola puja. No te has gastado un solo céntimo.

–Ahora mismo deberías estar saltando de alegría por el éxito conseguido –la recriminó con tono firme–, en lugar de preocuparte por lo que yo haya hecho o dejado de hacer.

–Ojalá pudiera. Pero tú has conseguido que todo eso ahora me parezca absurdo.

–¿Porque no encajo en la idea que tienes de mí, en tus expectativas? ¿Es eso lo que piensas? –la atravesó con la mirada–. Pues entérate bien, Casey: yo hago lo que considero justo y no lo que los demás esperan de mí.

–¿Y se supone que yo debo contentarme con eso?

–Deberás confiar en mí.

–Yo no te conozco, Raffa –presa de lo que ahora sí parecía una jaqueca real, se apartó bruscamente para alejarse... y sólo consiguió dar un traspié.

Pero él la sujetó a tiempo. Lentamente la acercó hacia sí.

–Te has hecho daño. Permíteme que te examine –le pidió al ver que esbozaba una mueca de dolor mientras intentaba no apoyarse en el pie descalzo.

–Estoy bien.

–Claramente no lo estás. Por favor, *habibiati.*

¿Cómo podía llamarla «querida mía» en árabe después de todo lo que había sucedido? No era justo. Se quedó mirando con desconfianza la mano que él le tendía.

***

Aceptó por fin, reacia. Arrodillado frente a ella, le flexionó delicadamente la rodilla y le alzó el delicado pie para examinárselo. Por fortuna, la piedra que había pisado no le había atravesado la piel. De todas formas procedió a masajearle suavemente la planta enrojecida.

–¿Mejor ahora? –murmuró, alzando la mirada.

–Sí –admitió ella en voz baja.

La oyó suspirar. Parecía muy alterada: como si pensara lo peor de él y deseara al mismo tiempo estar equivocada. Mientras tanto, no tuvo otro remedio que apoyarse en su hombro para mantener el equilibrio. Raffa podía sentir sus finos dedos tensarse ligeramente, deseosa quizá de explorar más pero reprimiéndose de hacerlo tanto por su falta de experiencia como por su orgullo.

Nada más incorporarse, percibió a las claras que algo había cambiado entre ellos.

–¿Me permites que te acompañe de vuelta al salón? –le sugirió–. Pero primero tendrás que ponerte esto –le entregó el zapato que había perdido.

Miró el zapato, y luego a él. Por fuerza tenía que estar pensando en el cuento de la Cenicienta. De repente alzó la barbilla y apretó la mandíbula:

–Será mejor que me apresure –dijo, recuperando su tono profesional–. Ya he hecho esperar suficiente al grupo.

La sujetó mientras ella se ataba la correa del zapato.

–¿Lista? –le ofreció su brazo.

–Sí.

Sintió el peso de su pequeña mano en su brazo

mientras abría la puerta. Le gustó entrar con ella en el salón y detenerse hasta que estuvo seguro de haber atraído la atención de todo el mundo. Y le gustó el delicioso calor que lo recorrió por dentro... consecuencia de lo muy orgulloso que se sentía de ella.

–¿No te resulta incómodo hacer esto? –le preguntó Casey en un susurro.

–¿Incómodo por acompañar a mi brillante empleada al escenario, para que reciba su más merecida felicitación? ¿Por qué habría de estarlo?

Se hizo a un lado mientras Casey y su equipo eran felicitados por todo el mundo. Habían recaudado una colosal cantidad de dinero en un tiempo mínimo, pero todavía le gustó más ver cómo Casey animaba a sus compañeros a avanzar hacia el centro del escenario. Estaba seguro de que se parecía más a él de lo que ella misma imaginaba. Un pensamiento que en otras circunstancias lo habría divertido, pero que esa noche le hacía lamentar el hecho de que muy pronto tendría que concentrarse por entero en el gobierno de su país... de manera que su aventura con Casey Michaels tocaría a su fin.

–Acuérdate de que te marcharás conmigo –murmuró discretamente al tiempo que la acompañaba fuera del escenario–. ¿O es que prefieres volver en taxi? –le preguntó, percibiendo su temblor cuando le acarició el cuello con su aliento.

–Seguro que habrá muchos esperando en la puerta –se volvió hacia él, mirándolo decididamente a los ojos–. Raffa, tienes que dejar de tratarme así. Si voy a trabajar en A'Qaban, tendrás que dejarme hacer las cosas por mí misma.

–¿Vas a trabajar aquí, Casey?

Se quedó callada, y Raffa adivinó en seguida que se sentía confundida. Lo consideraba un prepotente, un arrogante. No lo había perdonado por sus supuestos actos nefandos de aquella noche.

–Eso está en tus manos –le dijo ella al fin.

–Quizá sí. Pero me gustaría llevarte a un lugar antes de hacerte una oferta, y antes de que decidas si la aceptas o no.

–¿Qué lugar? –le preguntó, desconfiada.

–Descubrámoslo juntos, ¿quieres? –murmuró, tomándola otra vez del brazo.

Despachó a los guardias, deseoso de quedársela para él solo. Siguió caminando hasta que llegaron a un largo y silencioso pasillo, al final del cual una doble puerta se abría a un impresionante jardín. Sabía que a Casey le resultaría difícil, si no imposible, permanecer tensa y furiosa allí. Tal y como había esperado, se detuvo y miró extasiada a su alrededor.

–Raffa, esto es precioso...

El rumor de las fuentes servía de música de fondo. Incluso él, que tantas veces lo había visto antes, se detuvo para admirar los delicados mosaicos y la exuberante vegetación. Los arquitectos que había empleado para dar forma a su idea original habían superado todas sus expectativas. Al igual que Casey, pensó irónico. Tomándole las manos, empezó:

–Quiero añadir mi agradecimiento personal al de los invitados por lo que has hecho esta noche. No tienes idea de la cantidad de gente que saldrá beneficiada con el dinero que has recaudado.

–Yo también estoy satisfecha de... –pero se interrumpió de pronto y bajó la mirada, al recordar su decepción.

La atrajo hacia sí.

–Raffa... –apoyó una mano sobre su pecho, pero sin empujarlo: sus dedos se cerraron sobre los pliegues de su túnica–. Ojalá...

No la dejó continuar. Quizá fueran las lágrimas que brillaban en sus ojos, o el temblor de sus labios: lo cierto fue que se vio repentinamente asaltado por la incontenible necesidad de reconfortarla.

Saborearla fue como saborear el cielo. Estrecharla contra su pecho le recordó todo lo que se había perdido en la vida. Profundizó el beso y sintió una punzada de deseo al percibir su reacción. Y continuó besándola hasta que la inicial resistencia de Casey se transfiguró en un suspiro anhelante.

Pero entonces se impuso su buen sentido. ¿Qué estaba haciendo? ¿Adónde quería llegar? Sólo había una posible conclusión para aquello, y él nunca se aprovecharía de Casey en un estado tal de cansancio y de confusión. Después de besarla por última vez, se apartó y sacó su móvil para pedir su limusina. Finalmente, tomándola de la mano, la guió fuera del jardín.

La limusina los estaba esperando. Consciente de su cansancio, la sujetó del brazo para asegurarse de que no tropezara.

–Mi chófer te llevará al hotel. Buenas noches, Casey –se despidió después de subirla al vehículo.

Vio que se volvía para mirarlo por el parabrisas trasero. No debería haberse sorprendido de leer la furia y la confusión en sus ojos, pero al margen de las razones que hubiera tenido para comportarse como lo había hecho en la subasta, o para reprimirse de hacer el amor con Casey... la decisión había sido únicamente suya. Algo que no le concernía a nadie más que a él.

***

A la mañana siguiente, tan pronto como le subieron el desayuno, Casey volvió a la cama a esconder la cabeza bajo la almohada. Ignoraba lo que pretendía con ello. Tarde o temprano tendría que enfrentarse a una nueva jornada, aunque la noche anterior hubiera sufrido la peor de las humillaciones.

Después de arrojar la almohada contra el suelo, se sentó en el lecho. Al tocarse la boca con los dedos, se dio cuenta de que todavía tenía los labios sensibilizados y ligeramente inflamados por el beso de Raffa. Con los ojos cerrados, revivió el momento del abrazo, estremecida de deseo... Y se esforzó por recuperarse. A veces su propio cuerpo le daba miedo. La manera tan violenta en que reaccionaba cada vez que pensaba en él, como si supiera algo que ignoraba su conciencia, resultaba alarmante.

Suspirando, sacudió la cabeza. No tenía más remedio que aceptar que nada, ni siquiera su propio temor a la intimidad sexual, podía evitar que siguiera deseándolo. Saltó de la cama y se quedó de pie, abrazándose, mientras seguía pensando sobre ello. Se recordó que Raffa vivía su vida bajo una fachada que lo enmascaraba del mundo. Para él, el dinero lo era todo, como lo había dejado demostrado en la subasta.

Pero no quería pensar en la subasta. Tenía que comer para poder aguantar el resto del día. Miró el delicioso desayuno y los zumos que esperaban en la mesa. Para cuando se sentó, seguía tan tensa que ni siquiera reparó en la fabulosa vista de la marina que se divisaba por los ventanales. Después de servirse una taza de té con menta, desdobló el ejemplar del *A'Qaban Times*... y no pasó del titular: *La principal puja fue la del jeque gobernante, que en la inversión de la subasta amenazó con superar todos los récords.*

Un gruñido escapó de su garganta. Haciendo a un lado el diario, apartó su plato y se levantó. De repente había perdido el apetito.

Raffa la esperaba en el campo de polo, según le comunicó su secretario.

Después de elegir una sencilla falda y el cárdigan, calzada con sus zapatos de tacón bajo, decidió no maquillarse y se recogió la melena. Al fin y al cabo aquello no era tanto una salida como una penitencia, y quizá la última cita que tendría con Raffa. Sólo ahora se daba cuenta de que se había precipitado a condenarlo.

Raffa había invertido muchísimo dinero en la subasta en lugar de participar en ella, reflexionó Casey en la limusina, de camino al campo de polo. Siendo ése el caso, una vez que le hubiera presentado sus disculpas, poco más tendrían que decirse. La manera en que él viviera su vida no era asunto suyo. Y sin embargo, de alguna forma, se había imaginado a sí misma viviendo con él en un lugar donde todas las joyas y todos los lujos del mundo no habrían supuesto ninguna diferencia. Y ahora tenía que enfrentarse al hecho de que eso nunca ocurriría.

Capítulo Once

Casey no supo muy bien qué hacer cuando llegó al campo de polo.

Después de dar las gracias al chófer, bajó de la limusina y se acercó a la valla que rodeaba el campo. El partido había empezado. Su mirada se vio inmediatamente atraída por Raffa: vestido de pantalón claro y camisa oscura, el casco le daba un aspecto casi feroz. Quedó admirada por su fortaleza y habilidad. Si no hubiera estado ya medio enamorada, la vista de Raffa montando al galope y blandiendo el mazo habría conseguido obrar el milagro. Deseosa de hablarle, se dispuso a acercarse al ver que desmontaba en el prado, terminado el *chukka*.

Mientras lo veía quitarse el casco y pasarse una mano por su espeso pelo negro, Casey vio confirmada su opinión de que, con aquellos pantalones tan ajustados, estaba sencillamente deslumbrante. Se ruborizó en el preciso instante en que él la descubrió entre el público. Teniendo en cuenta la cantidad de atractivas mujeres que lo rodeaba, decidió que su disculpa podría esperar.

–Perdone, señorita Michaels.

Con expresión culpable, se volvió hacia el vigilante que se había acercado a ella. El hombre le explicó que el jeque le había pedido que la acompañara a la gran carpa, donde podría esperarlo a la sombra.

Una carpa a la sombra: ése sería el lugar donde la despediría. Siguió al vigilante hacia allí, pero se detuvo en el umbral al ver que estaba repleta de gente. Al final, aspiró profundamente y entró. El interior era el epítome del lujo, con largos sofás forrados de lino, mesas bajas de madera clara y cómodos sillones. Había flores por todas partes. La carpa estaba también provista de una barra de bebidas y un bufé, con servicio de camareros.

Había incluso una pantalla gigante para ver el partido. Los invitados de Raffa, sin embargo, preferían reunirse en torno a la barra y el bufé, divididos en pequeños grupos. Casey decidió no acercarse a nadie, pero pronto empezó a sentirse inquieta. Quería ver el partido... pero no en la pantalla.

–¿Podría ver el partido desde la puerta? –le preguntó al vigilante, al ver que se disponía a marcharse.

–No hay ningún problema. Pero el sol es muy fuerte. Podría sacarle un sillón bajo el toldo: así estaría usted a la sombra, tal y como me ordenó Su Majestad.

Lo último que quería Casey era poner en aprietos a aquel pobre hombre.

–Eso sería perfecto: gracias.

Le sacaron un sillón a la sombra, desde donde se dominaba perfectamente el campo de juego. Se sentó en el borde, tensa, consciente de que Raffa se había incorporado al siguiente *chukka.* Su férrea determinación por ganar resultaba más que evidente mientras reunía a sus compañeros y planificaba la estrategia a seguir.

Raffa era un líder nato, un rey que no necesitaba ningún título para demostrarlo. Pero Casey no podía evitar temer por su seguridad. ¿Cómo podía relajarse cuando Raffa estaba en peligro? Con todos aquellos jinetes lanzándose unos contra otros, blandiendo sus mazas como si fueran armas letales, se echaba a temblar cada vez que alguno de ellos se acercaba demasiado a él.

Fueron transcurriendo los minutos mientras los cascos de los caballos dibujaban un tatuaje en el terreno agostado por el sol. Vio cómo, a todo galope, Raffa se inclinaba sobre su caballo y blandía su mazo para, con tremenda precisión, golpear la bola y marcar otro tanto. Dándose cuenta de que se estaba mordiendo las uñas, se recostó en el sillón. Era hora de relajarse, ya que los equipos estaban cambiando de campo, cosa que hacían con cada nuevo punto.

Afortunadamente la primera parte del partido transcurrió sin incidentes. Con el intermedio, toda la gente de la carpa salió de golpe. Casey se quedó cerca de la puerta; poco después el sonido de un timbre anunció la vuelta al juego, y todos los espectadores tuvieron que despejar el campo. Mientras se preparaban los equipos, rezó en silencio para que Raffa saliera indemne del segundo tiempo.

Lo vio montar de nuevo: para entonces estaba demasiado agitada para seguir el segundo tiempo desde su asiento a la sombra. Se acercó de nuevo a la valla que bordeaba el campo de juego y se apoyó en ella. El fracaso no le gustaba más que a Raffa, pensó cuando lo vio pasar a la velocidad del rayo para robar una bola, pero lo cierto era que eran demasiado distintos como para que pudieran trabajar juntos. Él se había gastado colosales sumas de dinero en la subasta mientras que ella simplemente había estado esperando un pequeño gesto personal por su parte. Ahora se daba cuenta de ello.

Seguía rumiando aquellas reflexiones cuando oyó un grito. Alarmada, se dio cuenta de que el caballo de Raffa galopaba directamente hacia ella... y que era él quien le estaba gritando que se apartara.

Raffa casi se había tumbado sobre el cuello del caballo mientras lo espoleaba, pero Casey era absolutamente incapaz de reaccionar. Sólo en ese momento se dio cuenta de lo que estaba sucediendo. Era el caballo de otro jugador el que había perdido el control, y Raffa estaba intentando desviarlo de su trayectoria... que pasaba justamente por donde estaba ella.

Hombro con hombro, rodilla contra rodilla, Raffa se esforzaba por empujar a su rival. Estaba ya segura de que iban a echársele encima cuando Raffa dio un giro en el último momento, evitando el choque contra la valla. Pero el otro jinete no poseía ni la mitad de su habilidad, y Casey soltó un grito cuando hombre y caballo se abalanzaron contra ella.

Capítulo Doce

Casey apenas fue consciente de lo que sucedió a continuación. Tan pronto estaba observando el inminente desastre, con su cerebro y sus piernas negándose a funcionar, cuando al momento siguiente se hallaba en el aire... y a salvo en los brazos de Raffa.

–Me has salvado la vida –logró pronunciar débilmente mientras él la sentaba en la silla, delante.

Con expresión sombría, permaneció callado mientras la sujetaba firmemente de la cintura. Evaporadas sus fuerzas, Casey se apoyó en él.

–¿Está bien el otro caballo?

–Sí, y el jinete también –respondió, tenso.

Volvió la cabeza. La vista de sus dientes apretados le evocó, a cámara lenta, cada fracción de segundo del incidente vivido: el feroz grito que brotó de su garganta y el brillo de sus ojos mientras galopaba para salvarla del peligro.

–Gracias... –dijo estúpidamente.

–Por favor, intenta quedarte quieta hasta que te haya examinado bien –guió su montura hacia la carpa de primeros auxilios–. ¿Cómo has podido exponerte a un peligro así?

«Porque estaba preocupada por ti», pronunció para sus adentros. No podía hacer otra cosa que no fuera refugiarse en sus brazos como si fuera un recién nacido, como si no tuviera voluntad propia.

–En vez que quedarte a la sombra, vuelves para quedarte pegada a la valla. ¿Es que no puedo dejarte un momento sola?

Seguía sin esperar una respuesta por su parte, pensó Casey mientras su áspera mejilla le rozaba accidentalmente el rostro. Sabía que en cierta forma se sentía culpable del accidente.

–No fue culpa tuya. Toda la culpa ha sido mía.

–Ya hablaremos de eso después.

–¿Ganamos?

–Sobrevivimos, que no es poco –contestó, irónico. Nada más llegar a la carpa de primeros auxilios, entregó las riendas a un mozo y bajó del caballo.

Volviéndose hacia ella, la ayudó a desmontar.

–¡Cuidado! –exclamó, sujetándola, al ver que se le doblaban las rodillas nada más tocar el suelo.

–Perdón... –todavía estaba debilitada por la impresión... pero no tanto como para no darse cuenta de que el jeque de A'Qaban la había cargado en brazos para meterla en la carpa.

La enfermera sentenció que Casey estaba perfectamente. Y Raffa sentenció su destino.

–Como no puedo dejarte ni un momento sola –le dijo–, no volverás a separarte de mí mientras estés en A'Qaban.

Era precisamente lo que tanto había ansiado escuchar, pero en boca de Raffa sonó como si fuera un castigo. Aun así, cuando lo que había esperado de él había sido un billete de vuelta a casa, cualquier cosa era un alivio, se recordó mientras abandonaban juntos la carpa de primeros auxilios.

–En cuanto haya entregado el trofeo del partido, viajaremos al desierto –nada más escuchar su exclamación de placer, se apresuró a enfriar su entusiasmo–: Ten en cuenta que el interior de A'Qaban es un territorio peligroso.

–¿Más que un campo de polo?

–Si sufres un accidente allí, no podrás perder ni un segundo. Deberás reaccionar inmediatamente y pensar: «¿Qué voy a hacer ahora?».

Eso era lo que estaba pensando precisamente en aquel momento.

–Entonces... ¿estás preparada?

–No te decepcionaré. Haré todo lo que esperas que haga y más. Pero yo... –aspiró profundo–. Quería disculparme contigo... por lo de anoche. He leído los periódicos esta mañana y...

–Eso es algo de lo que no quiero hablar contigo.

–Pero...

–Nada de peros. Mis decisiones no están sujetas a discusión. Sigues en la carrera por el puesto: eso es todo lo que debería importarte. Pero sólo si te concentras y te preparas para abandonar el hotel dentro de una hora.

–Descuida –le aseguró con tono firme.

Raffa llegó al hotel en un tosco jeep sin guardaespaldas... o al menos ninguno que estuviera a la vista. Casey lo estaba esperando en los escalones de la entrada, vestida una vez más de safari, como cuando llegó al aeropuerto de A'Qaban. Sólo había hecho un cambio: el de su feo sombrero por el ligero chal que había comprado en la subasta, y que en aquel momento llevaba en la cabeza a la manera a'qabani. Había sido una decisión inteligente, porque le permitía cubrirse la boca y la nariz si el aire se volvía demasiado polvoriento.

Saltando del jeep, Raffa se apoderó de su mochila. Iba vestido con un traje de tipo militar, aunque bastante más viejo y gastado que el de Casey.

–Veo que llevas mi *hadiya*: una buena precaución.

–Mi... ¿qué?

–*Hadiya* significa «regalo» –le explicó mientras le abría la puerta del jeep–. Ese chal fue mi aportación personal a la subasta. Anda, sube.

Todavía estaba acariciando la finísima tela mientas asimilaba lo que acababa de escuchar. El chal era su regalo, su *pequeño aporte personal* a la subasta. Aparte de todas las fabulosas joyas que había donado, había hecho entrega de algo que apreciaba especialmente. Algo que era representativo de la artesanía tradicional de su país. Era todo lo que ella había esperado que hiciera. Y todo lo que había creído firmemente que no había hecho...

–Vamos –la urgió, impaciente–. La gente del desierto no espera a nadie. Ellos se rigen por las leyes de la naturaleza, no por las de los hombres.

–¿Tú eres beduino? –le preguntó Casey mientras subía al jeep.

–Mi madre era una princesa beduina.

Aquel dato evocó en su mente las imágenes más maravillosas. Ansiaba saber más, pero su tono de contención le indicó que tendría que esperar.

Un estremecimiento de temor se mezcló con su entusiasmo. Sus fantasías quedaron atrás conforme se enfrentaba a la realidad del desierto. Raffa la estaba advirtiendo de que estaban a punto de internarse en un terreno peligroso donde cualquier cosa podía suceder. Pero ella se había preparado para todo. Excepto para montar a caballo…

–¡Estás de broma! –exclamó cuando Raffa frenó el jeep cerca de una hora después.

–Yo nunca bromeo. Al menos aquí, donde una broma puede costar vidas.

Varios empleados esperaban al pie de un transporte equino. Dos caballos andaban cerca, atados a la sombra. La carretera real había desaparecido y frente a ellos se extendía la interminable llanura del desierto.

Casey miró el polvoriento camino, incapaz de convencerse de que estaba a punto de realizar su primera excursión a caballo. Cuando se volvió hacia Raffa, vio que se estaba envolviendo la cabeza y el rostro en un largo turbante negro.

–Aquí lo llamamos *howlis* –le explicó. Apenas se había dejado una rendija para los ojos.

–Sirve para protegerse del sol. Y para proteger los ojos, la nariz y la boca del polvo.

«Y además te da un aspecto impresionante», pensó Casey. Se le secó la garganta cuando lo vio acercarse a los caballos, mientras los hombres acarreaban una mula cargada de provisiones. Al parecer iba a tratarse de una expedición en toda regla. Pese a su entusiasmo, no pudo evitar un temblor de alarma. Profesionalmente estaba preparada, pero... ¿y a nivel personal? ¿Estaría preparada para internarse en el desierto con un hombre como él?

Por otro lado, se hallaba dispuesta a enfrentarse a cualquier desafío, y Raffa era el mayor de todos. Era el hombre más avasalladoramente masculino que había conocido, y a la vez tan honesto y leal que en su compañía se sentía perfectamente segura. Era un protector, y la mantendría a salvo, indemne. ¿Virginalmente indemne, también? Apretó los labios y suspiró. Eso sí que no lo sabía.

–¿Vienes? –la llamó.

Estaba sujetando su montura mientras la miraba fijamente. Casey no tenía ni la menor idea de lo que estaba pensando. Aquel factor de incertidumbre, de pasión por lo desconocido, que siempre la había atraído, estaba a su disposición... eso si tenía la valentía necesaria para aceptarlo, asumirlo. Y, sin embargo, lo que más asustaba en aquel momento era el caballito de aspecto dulce que Raffa estaba acariciando... más que el propio Raffa.

–Venga, que no te va a morder.

Tenía que admitir que el animal, de pelaje moteado de gris, parecía pacífico. Llevaba un precioso arnés y una colorida silla. Pensó que por lo menos no tenía que montar el caballo de Raffa: un semental negro de aspecto impaciente y mirada tan feroz como la de su amo.

–Si no te das prisa, te subiré a la mula y cargaré tu mochila en el caballo.

De acuerdo. Volvió a aspirar profundo. Montaría en el caballo. No podía ser tan difícil.

Pues lo era. Y mucho.

Tenía las piernas rígidas cuando desmontó después de lo que le parecieron horas de accidentado galope. Habían llegado a un oasis alrededor del cual se levantaba toda una ciudad de tiendas.

Más que desmontar, cayó del caballo y ya no se movió de la arena, abrazándose las rodillas y gritando en silencio de dolor. Al menos eso le dio oportunidad de contemplar el paisaje, pensó mientras Raffa la miraba sacudiendo la cabeza y desenrollándose el largo *howlis*.

El paisaje era *él*, claro, y necesitaba por tanto alguna distracción inmediata. Tenía donde elegir. Se hallaban en lo alto de una duna, desde la que podían divisar la ondulante llanura del desierto en tonos ocres y pardos. Justo en el centro se extendía una laguna de color lila, ribeteada de tonalidades verdosas. El oasis no sólo suponía la supervivencia de los nómadas, sino también de la fauna y flora locales, reflexionó mientras contemplaba las escasas gacelas que se aventuraban a beber bajo la luz del ocaso.

Tumbándose sobre la arena, soltó una leve exclamación maravillada mientras se olvidaba de su propio dolor. Era un paisaje mágico: bellas y tímidas criaturas bajo un cielo que cambiaba lentamente de un celeste oscuro a un azul cobalto, mientras el horizonte se incendiaba de rojo.

–Levántate –le ordenó Raffa, acabando con la magia del momento–. Hay escorpiones en esta zona.

Soltando un chillido, Casey se levantó de golpe.

–Acuérdate de mirar bien dentro de tus botas antes de ponértelas –le advirtió con tono severo. Es un consejo muy fácil de recordar.

–¿Éste es el final del viaje? –le preguntó mientras se apresuraba a seguirlo, estremecida.

–Podría serlo. Para ti.

–¿Para mí?

–Si es que llegas a encontrar un escorpión entre tu ropa.

Soltando otro chillido que asustó a las gacelas, se

dedicó a registrar su vestimenta a fuerza de manotazos, mientras Raffa contemplaba ceñudo sus esfuerzos.

–Relájate. Incluso los escorpiones de esta zona no te harían más daño que la picadura de una avispa.

–Qué amable –lo acusó.

–¿Prefieres que te registre yo a ver si llevas uno?

–Rotundamente no –exclamó–. Pero dime: ¿qué estamos haciendo aquí? –le preguntó, irritada.

–Pensé que te gustaría ver cómo estamos gastando el dinero que recaudaste.

Continuó caminando y ella tuvo que correr detrás.

–Raffa, espera... Gracias –sin aliento, cayó de bruces al pie de la siguiente duna.

–¿Por qué me das las gracias? –sonrió de pronto, sin detenerse.

Casey se irguió rápidamente.

–Ni siquiera me has dejado que te pida disculpas.

–¿Por tu éxito?

–Raffa, espera… –alzó la mirada, frustrada, viendo como su paso de pantera aumentaba rápidamente la distancia que los separaba. Lógico, cuando ella tenía que retroceder dos pasos por cada uno que daba él mientras intentaba subir por la duna.

Afortunadamente, Raffa se detuvo en la cresta y se volvió para mirarla.

–Ya voy... –gritó. Pensó irónica que, a ese ritmo, no llegaría antes de un año.

–Espera, deja que te ayude –agarrándola de una muñeca, tiró de ella con fuerza–. Cuando camines, gira tus pies hacia fuera –le aconsejó–. También puedes subir la duna de lado, si te resulta más fácil.

Conforme se fueron acercando, la ciudad de jaimas fue toda una revelación. Se arremolinaba toda ella en torno al oasis, cuyas aguas parecían recoger los últimos rayos del crepúsculo. Dromedarios, caballos y mulas estaban encerrados en un corral a la sombra. La brisa del ocaso transportaba voces y gritos infantiles.

–Vamos –dijo Raffa, más relajado de lo que nunca lo había visto antes–. Quiero presentarte.

Para cuando llegaron a la base de la duna, un grupo de niños los había rodeado, riendo. En un impulso, Casey tomó una diminuta mano y Raffa otra, y antes de que se diera cuenta habían formado un gran corro y bailaban bajo la luna creciente.

Fueron los niños quienes los introdujeron en el campamento, donde todo tenía un aspecto perfectamente ordenado. En aquel momento buscó a Raffa con la mirada. El jeque gobernante, que siempre se las arreglaba para parecer el hombre más feroz del planeta, estaba escuchando con atención el cuento que le contaba una niña.

Los beduinos se marcharían pronto de allí, reflexionó Casey, guiándose por el sol y las estrellas, sin aceptar ataduras algunas que no fueran la de la naturaleza. Estar con ellos era todo un privilegio. Un regalo que le había hecho Raffa. El único regalo que había querido de él.

Tener la oportunidad de visitar la comunidad a la que había ayudado con la subasta, ver la escuela itinerante y la clínica portátil, hizo que todo le resultara mucho más claro. Nada de lo que pudiera hacer sería suficiente para agradecer la amistad de aquel pueblo. Mientras los niños se la llevaban de la mano para enseñarle sus preciados cuadernos y útiles de escritura, se sintió repentinamente humilde, embargada por una extraña emoción.

Capítulo Trece

–¿Tienes apetito? –le preguntó Raffa una vez que terminaron de visitar el poblado.

–Me muero de hambre –admitió.

–¿Quieres que nos preparemos algo de comida?

Se dio cuenta de que estaba hablando en serio. Se había enrollado al cuello la negra tela de su *howlis*. Estaba guapísimo, pensó mientras admiraba el brillo de sus ojos y su cabello del color de la noche.

–¿Es ésta tu jaima? –le preguntó mientras se dejaba guiar hacia una de las más grandes.

–No, yo no poseo nada aquí. El desierto pertenece a todos y a nadie –agachó la cabeza y alzó la cortina de la entrada para que pudiera pasar–. Como el resto de los viajeros de esta inmensidad, uso lo que necesito y me arreglo con lo que hay. Y aporto lo que puedo para el siguiente viajero.

Así, cada viajero se convertía en el ángel de la guarda del siguiente. «¿Y cuál es el mío?», se preguntó Casey, dudando a la entrada de la jaima. Necesitaba desesperadamente consejos, información. Ansiaba descubrir todo lo posible sobre el pueblo de A'Qaban y su cultura. Anhelaba con desesperación saberlo todo sobre Raffa. Ahora que estaban solos, quizá él...

Retorciéndose las manos, se arrepintió de aquel pensamiento. No podría pasar una noche sin más con un hombre como Raffa y luego hacer como si nada hubiera sucedido. Además, si él no hacía el primer movimiento...

–¿Casey? ¿Vienes o no?

–Dame un minuto. Ahora mismo entro.

Mientras Raffa desparecía en el interior de la jaima, Casey recordó el episodio de la niña: la expresión dulce y tierna que había visto en sus ojos mientras la pequeña le contaba su cuento. Pensó también en lo mucho que se habían reído con los niños nada más llegar. Raffa no era un bruto insensible que se apresuraría a tumbarla sobre los cojines para poseerla. Era una persona sensible, cultivada, cariñosa.

Entonces... ¿qué iba a hacer al respecto? A falta de ángel de la guarda que la aconsejara, necesitaba tomar una decisión.

–Vamos –insistió él, impaciente.

Casey dio un paso adelante y se quedó extasiada en la entrada de la tienda beduina: estaba más cómodamente amueblada que muchas habitaciones de hotel. Montañas de cojines de ricos tejidos hablaban de meses de delicadas labores a mano, como los tapices que colgaban del techo. El espacio estaba iluminado por una gran lámpara de bronce fijada a un poste central, y un tentador aroma a café flotaba en el aire.

–Es absolutamente increíble –comentó, maravillada.

–Dime una cosa: ¿qué piensas de A'Qaban ahora que has dejado atrás el glamur de la ciudad?

–Me encanta. Es una constante fuente de sorpresas.

–¿Reconoces esto? –le señaló unos cojines dispuestos alrededor de una mesa baja de bronce, que presentaban un dibujo familiar. El mismo dibujo del chal que había adquirido en la subasta.

–Son preciosos. Al igual que esto... –mientras hablaba, acarició los sedosos pliegues de su chal–. Me encanta esta prenda. Jamás me separaré de ella...

Reflexionó sobre el comentario que acababa de hacer Casey. Las cosas estaban evolucionando rápidamente y él no quería forzar nada. La había llevado al desierto para presentarla a su pueblo, pero detrás de aquella aparente intención se escondía un sentimiento que no cesaba de crecer.

La primera vez que la vio en el aeropuerto, tan tímida y vulnerable, no se había imaginado nada más que una relación puramente profesional con ella. Pero conforme Casey había ido ganando confianza en sí misma... otras posibilidades se habían abierto.

–Encenderé un fuego para que podamos mirar las estrellas mientras cenamos.

–¿Podría tomar un baño antes? Quiero decir... –se ruborizó cuando él se volvió para mirarla–. Estoy llena de polvo. ¿Es seguro bañarse en el oasis?

–Perfectamente seguro. No cubre mucho, el agua no está fría y el fondo es de arena firme. A esta hora de la noche, no habrá nadie. Pero si quieres, puedo adelantarme yo primero.

–Es una buena idea.

–Luego me encargaré de preparar el fuego. Mientras tanto, podrías ir pensando en lo que vamos a cenar.

–¿Hemos traído algo de comida con nosotros?

–Tenemos una mula –le recordó–. ¿No te acuerdas de las alforjas? Allí están todos los ingredientes. Espero que sepas cocinar.

Casey soltó una carcajada, y permanecieron mirándose durante un buen rato. Era la primera vez que ambos se sentían tan relajados. Sólo cuando vio que ella dejaba de sonreír, se dio cuenta de la enorme intimidad de aquel momento.

–No tardes –le dijo ella, desviando la vista.

–No te preocupes. Aquí estarás perfectamente segura –la tranquilizó, tocándole suavemente un brazo.

Vio que esbozaba una sonrisa algo trémula... y de repente deseó que volviera la Casey confiada de antes. Quería que disfrutara plenamente de la vida. Y que aprendiera a valorarse a sí misma: no solamente como profesional, sino como ser humano. Como mujer. Pero para que eso pudiera ocurrir, nada menos recomendable que las miradas cargadas de deseo y los amotinamientos de testosterona, se recordó mientras alzaba la tapa de un precioso arcón decorado con relieves.

–Aquí encontrarás ropa limpia –sin volverse para mirarla, sacó una túnica limpia para él, de color negro–. Toma lo que necesites.

No contestó, y Raffa supuso que seguiría reflexionando sobre su situación. Estaba sola en el desierto con él, y ambos compartían un sentimiento de atracción que no cesaba de crecer. Estaba claro: acabaría haciéndole el amor allí, en el lugar más hermoso sobre la tierra. Porque lo cierto era que había querido hacer el amor con ella desde el primer momento en que la vio. Y si se había reprimido hasta ahora era porque había querido convencerse de que a su lado se sentía perfectamente segura, confiada.

–Hay queso, mangos, piñas y algo de verdura en esas alforjas... así que vete pensando en algo –le dijo con tono ligero mientras abandonaba la jaima.

Parecía aliviada, pensó esperanzado mientras la

veía empezar a sacar la comida. Lo que él necesitaba, por el contrario, era desahogar su energía. Así que se echó una toalla al hombro para dirigirse a toda velocidad hacia las aguas del oasis.

Acababa de elegir cuidadosamente los ingredientes y ya tenía pensado un menú para cuando Raffa volvió de su baño.

–Todo despejado en el oasis –le gritó desde fuera de la tienda–. Podrás disfrutar de un baño con toda tranquilidad mientras yo preparo el fuego.

Casey había soñado con aquel momento, y corrió hacia el oasis con una sensación de gozo y euforia que no había vuelto a sentir desde que era niña. Se detuvo en el borde, sólo para admirar por un momento la belleza que la rodeaba. Tenía la luna para ella sola, las titilantes estrellas...

Se sentía extrañamente segura; el efecto de la compañía de Raffa, supuso. Dejó la ropa sobre una roca. Había tenido intención de dejarse la ropa interior, pero en el último instante decidió quitársela. Estaba sola. Empezó a sumergirse lentamente. El agua conservaba el calor del sol del desierto. Metió la cabeza y empezó a nadar.

Transcurrió algún tiempo hasta que recordó que tenía que preparar la comida. Le costaba tanto salir del agua... Fue entonces cuando, alzando la cabeza, descubrió una alta figura que la observaba desde lo alto de una duma. Era Raffa.

Nadó hacia la orilla mientras él bajaba a su encuentro. Estaba a unos pocos metros de ella y llevaba el rostro oculto por su *howlis*.

–¿No te has olvidado de algo? –le preguntó en voz baja. Su sonrisa relampagueó en la oscuridad.

Por un instante se preguntó por lo que había querido decir. Claro: en su apresuramiento, se había olvidado de traer una toalla.

–¿Has traído tú alguna toalla?

La respuesta de Raffa fue abrir los brazos.

¿Confiaría lo suficiente en él como para salir del agua? El momento era tan crucial para Raffa como para ella. La frustración sexual lo devoraba por dentro.

Esperó en la orilla hasta que, como una ninfa de increíble belleza, salió del agua y caminó decidida hacia él. Una punzada de instinto primario lo atravesó de parte a parte mientras la envolvía en los pliegues de su túnica. Ella debía de sentir el calor de su cuerpo, como él el de ella, pero su único pensamiento en aquel momento era protegerla. Mantenerla a salvo.

–Me estabas mirando –lo acusó con tono suave, temblando mientras se iba relajando poco a poco.

–¿Pensabas que iba a dejarte nadar sola en la oscuridad? ¿Y si te hubiera pasado algo?

Durante aquella corta conversación pudo sentir la creciente excitación de sus respectivos cuerpos en contacto. Y aunque se había asegurado de que existiera una barrera de ropa entre ellos, la verdad era que apenas funcionaba como tal. La envolvió en su túnica hasta que ella se sintió lo suficientemente segura como para apoyar la cabeza sobre su pecho. Disfrutó durante unos segundos de aquella postura... hasta que por fin se movió.

–Vamos. Los dos tenemos hambre.

Mirándolo con una expresión de absoluta confianza, murmuró con tono solemne:

–Estoy lista, Raffa.

–Lo sé.

–Gracias de nuevo –le dijo Casey–. Con suerte, ésta será la última vez que tengas que rescatarme.

–Y si no es así, tampoco tienes por qué preocuparte. Puedes aprovecharte de mí todo lo que quieras –no dejó de envolverla en su túnica durante todo el camino de regreso a la tienda. Sabía que ella se estaba esforzando por no conceder demasiada importancia a lo que acababa de suceder, mientras que él estaba exultante. No dijo nada hasta que llegaron a la tienda.

–La ropa está en el arcón –le recordó–. Sírvete tú misma.

Una vez que ella entró en la tienda, Raffa se quedó unos segundos en el umbral antes de alejarse, aspirando profundamente y preguntándose cómo iba a reprimirse de hacerle el amor durante toda la noche. Pero la expectación siempre era positiva, se recordó con una sonrisa.

Contuvo el aliento mientras lo oía alejarse. Por un instante había llegado a pensar que entraría en la tienda con ella. Pero al parecer pretendía hacerle esperar: o eso o no la deseaba en absoluto. Levantó la tapa del arcón y eligió la túnica más sencilla y funcional. No quería parecer que se estaba esforzando demasiado por seducirlo. Acto seguido se recogió el cabello aún húmedo en una cola de caballo y salió de la tienda.

Raffa, que ya se había quitado su *howlis*, estaba avivando el fuego.

–Tienes buen aspecto –le comentó.

«No tanto como tú», pensó viendo como el fuego arrancaba reflejos a su arete de oro. Cenaron cómodamente sentados en los cojines, en la puerta de la tienda. Desde allí, tal y como le había prometido Raffa, podían ver las estrellas. La sencilla comida no había requerido una gran preparación, pero había bastado para que recuperaran el ambiente de amigable compañía que habían compartido hasta que ocurrió el episodio del oasis.

–Está rico –comentó Raffa con aprobación mientras daba cuenta de la última rodaja de queso que Casey había combinado con mango. A la ensalada le había añadido piñones tostados–. ¿Dónde has aprendido a cocinar así?

Definitivamente no era el momento de admitir que había encontrado la receta en la página web de un supermercado. Tenía que mantener viva su fantasía bajo las estrellas.

–Quizá posea un talento natural.

Raffa dejó de masticar por un momento para mirarla:

–O eso o has recurrido a una receta.

Ambos se echaron a reír.

–Dado que el segundo plato es cosa mía, tendré que esmerarme... –añadió él mientras se levantaba–. Aquí tienes. Higos. Maduros, sabrosos. Acabo de cogerlos del árbol.

En sus labios, sonaba como si fueran la fruta más erótica sobre la Tierra. Tragó saliva mientras elegía uno bien grueso. Tan azorada estaba para cuando él se lo metió delicadamente en la boca que hasta tiró el café que se calentaba al fuego.

–Es un buen augurio –dijo él–. Tirar el café se considera un gesto de buena suerte en A'Qaban.

–Tomaré nota –dijo ella con una sonrisa.

–Ha sido una cena estupenda –sentenció él después de lavarse las manos en un cuenco con agua.

Aquella cena bajo las estrellas había hecho que Casey volviera a sentirse feliz como una niña. Era precisamente esa sensación de seguridad lo que le había permitido relajarse pese a estar tan cerca de Raffa. Recostada en los cojines, tardó unos segundos en darse cuenta de que se había levantado para alejarse.

–¿Adónde vas? –se arrepintió en seguida del tono de preocupación de su voz... porque había arrancado a Raffa una sonrisa que lo era todo menos segura.

–¿Prefieres que me quede?

–Supongo que tendrás muchísimas cosas que hacer...

–Bien. Entonces te dejaré en las capaces manos de estas mujeres.

Casey se volvió para descubrir a un grupo de mujeres saliendo de entre las palmeras. Todas ellas cargaban jarras de barro, gruesas toallas y frascos con humeantes fragancias.

–¿Qué es lo que quieren?

–Oh, prepararte para el jeque, supongo.

–*¿Qué?*

Pero para entonces Raffa ya había desaparecido.

Capítulo Catorce

Podía soportar muchas cosas, pero aquello era distinto. Se levantó de un salto cuando las mujeres se acercaron.

–No... no, gracias –intentó alejarlas con expresivos gestos. Cada célula de su ser había estado temblando de deseo... mientras que Raffa se había desentendido de ella con la mayor tranquilidad–. Tiene que haber algún error –insistió al ver que seguían avanzando hacia ella.

–No hay ningún error –le explicó una de las jóvenes con tono alegre–. Su Majestad pensó que le gustaría disfrutar de un tratamiento relajante después de un día tan largo. Por favor, no se alarme, señorita Michaels. Esperamos que vengan muchos turistas del desierto a experimentar los tratamientos especiales que se han transmitido de generación en generación en A'Qaban. Su Majestad nos informó de que usted será precisamente la responsable de impulsar el turismo, y es por eso por lo que nos gustaría que probara los variados bálsamos que hemos preparado.

–Entiendo –lo entendía... por desgracia. Cada vez que pensaba que su confianza en sí misma iba a verse recompensada por la realización de sus fantasías... Raffa se encargaba de devolverla al frío mundo de los negocios.

De repente le mostraron una gran bañera instalada sobre una plataforma de madera, que las mujeres llenaron de agua perfumada antes de cubrir la superficie de pétalos. Incluso colocaron macetas con espesa vegetación a su alrededor, todo para que pudiera disfrutar de una completa intimidad.

–Son las ventajas del oasis –le explicó la joven, una consumada especialista en belleza–. Todos los productos son frescos y naturales.

–Y maravillosos –aprobó Casey mientras se metía en la curiosa bañera–. Oh, esto es pura magia –murmuró conforme se iba hundiendo lentamente, cerrando los ojos–. ¿De qué has dicho que era esta esencia? Produce un delicioso cosquilleo por todo el cuerpo...

–Esencia de café –respondió una voz masculina.

–¡Raffa! –exclamó, dando un violento respingo y salpicando agua por todas partes. Dado que él sólo llevaba una toalla a la cintura y ella estaba completamente desnuda, optó por hundirse todo lo posible en la bañera.

–Mezclado con el aroma terrenal de hierbas autóctonas e incienso –continuó él–. Ah, y un poco de magia del desierto.

–¿Dónde se ha metido todo el mundo? –inquirió nerviosa, mirando a su alrededor. Las mujeres habían desaparecido.

–La misma magia del desierto que te mencioné antes. ¿Y bien? –sonrió mientras se acercaba a la plataforma de madera–. ¿Qué te parece? –hizo un gesto amplio, como abarcando todo aquel escenario–. ¿Crees que los intrépidos excursionistas que confías en atraer a A'Qaban aprobarán la idea de un pequeño spa en medio del desierto?

–¿Cómo podrían no hacerlo? –replicó, distraída

por la contemplación de su torso. Musculoso y bronceado, dotado de la cantidad justa de vello, ostentaba un tatuaje que empezaba debajo del cuello y terminaba en un lugar que todavía no estaba preparada para mirar. Si antes le había parecido sexy, en aquel momento le faltaban palabras para describir aquella visión...

–Ya puedes salir de la bañera –le sugirió él–. Ya lo he visto todo antes. ¿O es que te has olvidado?

No, no se había olvidado, pensó, decepcionada. Vio que recogía una toalla.

–¿Así que éste es el final de mi tratamiento de spa?

–No, a no ser que tú así lo quieras.

–Dime, Raffa: a ti todo esto... ¿te parece normal? –le preguntó con voz ronca en el instante en que él abría la toalla, esperando a que saliera de una vez de la bañera. Al ver que no respondía, insistió–: Raffa, háblame.

–Sal primero de la bañera. No querrás agarrar un resfriado, ¿verdad?

¿Agarrar un resfriado? Estaba lo suficientemente caliente como para incendiarlos a los dos.

–Estoy esperando –insistió de nuevo mientras se dejaba envolver en la toalla.

–El silencio es ya en sí una respuesta. O, como vosotros decís: hay silencios elocuentes.

–Pues eso no me sirve de nada si no puedo interpretar tu silencio –le señaló ella. Su primer pensamiento fue seguir hablando para distraerlo de su desnudez bajo la toalla. Hasta que de repente lo comprendió todo–: ¿Me estás diciendo que estar desnuda delante de ti es algo normal, a lo que no debería darle mayor importancia?

–Estás desnuda, ¿no?

–Sí, pero porque estaba recibiendo un tratamiento de spa.

–Y yo. Porque tú vas a dármelo ahora a mí.

¿Había sacado la gatita por fin sus garras? Por un instante, mientras ella se lo quedaba mirando alarmada y sin aliento, Raffa había llegado a dudar de que estuviera realmente preparada para aquello. Pero luego lo miró con un brillo de desafío y determinación en los ojos, y fue entonces cuando cambió de idea.

Casey estaba buscando la realidad. Y él quería que ella supiera que existía una realidad más allá de la que describían los libros de sus padres. Ésa era una de las razones por las que la había traído hasta allí. Tenía intención de demostrarle que no había nada vergonzante en un cuerpo desnudo. Que la desnudez, en todas sus excitantes variaciones, era algo hermoso.

–Ven –le dijo, tendiéndole una mano.

La llevó de nuevo a la tienda, donde, siguiendo sus instrucciones, las mujeres habían dejado preparadas las cremas y aceites que Casey necesitaría para el tratamiento que había previsto.

–Me tumbaré en la cama –anunció al tiempo que dejaba caer su toalla.

–¿La cama? –repitió sin aliento.

–Haremos entonces el tratamiento en el sofá, si lo prefieres.

–Lo prefiero.

Reprimió una sonrisa al ver la obstinación con que mantenía desviada la mirada. El hecho de haber encontrado a una mujer tan fresca y excitante le había abierto los ojos. Bien podría compartir su vida con una mujer así: alguien capaz de satisfacer sus obligaciones públicas y profesionales a su lado con el mismo entusiasmo con el que podría ocuparse de aquellas otras de índole personal. Pero estaba comprometido con su sentido del deber y con su país, se recordó, severo. En su vida jamás había habido espacio para el relajamiento de actitud que entrañaba una aventura amorosa.

–¿Y bien? Túmbate en el sofá –le espetó de pronto ella, impaciente, arrancándolo de aquellos honestos pensamientos.

Casey hundió los brazos hasta los codos en una palangana de crema. Podría hacerlo. Lo haría. Fuera tímida o no, había ganado en confianza, seguridad. Sólo necesitaba dar un nuevo paso adelante y demostrarlo: tanto a Raffa como a sí misma.

–No te olvides calentarte las manos primero –le recordó él mientras se tumbaba en el sofá.

–Descuida –ya las tenía calientes. Como toda ella.

Todavía no se había atrevido a mirarlo: antes necesitaba de unos segundos para prepararse. Bajó la vista a la toalla que él había dejado caer al suelo, y comprobó que la suya estuviera firmemente sujeta bajo sus axilas.

Perdió el aliento con la primera mirada que lanzó a su cuerpo desnudo.

–Cuidado –le advirtió él después de que Casey arrojara, en lugar de aplicar con cuidado, dos puñados de aquella sustancia viscosa sobre su espalda–. Has tirado la mitad fuera.

Seguramente porque lo había hecho con los ojos cerrados.

–He leído en alguna parte que hay que hacerlo con energía –se defendió, preguntándose si los espasmos de deleite que estaba experimentando dejarían de correr desde las puntas de sus dedos hasta sus brazos, para desparramarse luego por todas sus células nerviosas.

–¿Quieres que te enseñe yo cómo se hace? –le preguntó él con voz ronca.

Descubrió que no había un solo gramo de grasa superflua en aquel cuerpo.

–No, no hace falta... Estoy segura de que terminaré haciéndolo bien.

–Extiende bien la crema.

Su cuerpo entero estaba ardiendo como reacción al contacto de aquella carne dura y cálida bajo sus dedos.

–Aprieta más.

Tuvo que inclinarse sobre él. Diversas zonas de su cuerpo suspiraban por entrar en contacto directo con el de Raffa.

–Más.

¿Más? Era ella la que no podía *más.* Estaba acalorada, jadeante, ansiosa...

–Aplica una mayor presión, Casey.

–Estoy haciendo todo lo que puedo.

–Esfuérzate más.

Estaba a punto de explotar. Pero tenía que intentarlo, se recordó con firmeza. No podía echarse atrás. Así que exploró la ancha espalda de Raffa con infinito cuidado y meticulosidad. Decidió que, si tenía que hacer aquello, lo disfrutaría al máximo. Cerrando los ojos, aplicó una mayor presión y se vio recompensada por el suspiro que le oyó lanzar.

–¿Te gusta? –murmuró. Ansiaba acercarse más. Casi sin darse cuenta volvió a inclinarse sobre él y se apretó contra su costado, deseosa de aliviar la presión que la torturaba por dentro.

–Mucho mejor así –le dijo él, sonriéndose–. Creo que le has encontrado el truco.

Casey pasó a concentrarse en sus poderosos hombros y antebrazos, lo que le permitió presionar su pecho contra su espalda...

–Muchísimo mejor –musitó, contento.

Tanto estaba disfrutando que nada la preparó para el momento en que Raffa se dio la vuelta.

–Tócame ahora.

–¿Que te toque?

–Mi pecho. Tócalo. Explóralo, Casey.

Cerró los ojos antes de obedecer. Pero su timidez fue evaporándose poco a poco. Raffa tenía un cuerpo magnífico. Perfecto.

–Y no te olvides de que soy algo más que un torso.

No hacía falta que se lo recordara. Afortunadamente su toalla seguía en su lugar, ocultando su excitación; aunque los sucesivos frotamientos habían endurecido sus pezones hasta un punto insoportable.

Tenía que armarse de valor. Ser lo suficientemente fuerte como para soportar aquella dolorosa punzada de pura excitación y distraerse a sí misma conforme iba bajando las manos.

¿Existiría algo más delicioso que aquello? Era demasiado temprano para averiguarlo, y así que concentró su atención en sus pies. Iría subiendo a partir de los pies, en lugar de bajar desde la cintura.

Tenía unos pies extremadamente sensuales. Exploró sus duros tobillos y fue ascendiendo por las piernas más musculosas que había visto en su vida. Aunque lo cierto era que tampoco había visto muchas...

–Ya basta –dijo Raffa, sentándose.

–¿Qué tal lo he hecho?

–Mejor de lo que esperaba –respondió secamente. Levantándose de golpe del sofá, recogió su toalla del suelo y se la volvió a atar a la cintura–. Ahora te toca a ti.

–Pero...

–Nada de peros. Túmbate.

–¿Sin la toalla?

–Claro. ¿Cómo se supone que voy a darte un masaje si te la dejas?

–Eh...

–Quítatela. Por favor.

Cerrando los ojos con fuerza, como si eso sirviera de algo, se quitó la toalla y la extendió sobre el sofá. Luego se tumbó al tiempo que se esforzaba por ignorar el fuego que le corría ya por las venas.

–¿Estás cómoda? –le preguntó Raffa.

¿Cómoda? ¿Con él mirando su cuerpo desnudo?

–Relájate.

–Podría hacerlo si dejaras de leerme el pensamiento.

–Estoy leyendo tus músculos. Están tan tensos...

El contacto de sus manos fue indescriptible. Poseía un maravilloso talento natural que despejó todo rastro de tensión ya en los primeros segundos. Su única queja fue que, al concentrarse únicamente en su espalda, le estaba provocando todo tipo de indeseables pensamientos.

De repente se dio cuenta de que quería mucho más de lo que Raffa estaba dispuesto a darle. Porque, para él, aquello no era más que un simple masaje.

–¿Demasiada presión? –inquirió cuando pasó a concentrarse en sus hombros.

–No. Es perfecta... –perfecta para sus hombros, claro. Porque lo que ella deseaba era que la tocara con mayor intimidad.

Con un suspiro, cerró los ojos mientras se preguntaba por la manera en que podría transmitir ese sentimiento, en una última oportunidad de seducirlo. ¿Haciendo un puchero con los labios, quizá? ¿O mirándolo con una expresión seductora? Tal vez debería tomar la iniciativa y...

–¿Has terminado ya de poner caras o quieres ensayar alguna más?

Dio un respingo, descubriendo de pronto que Raffa había vuelto a ponerse su túnica.

–¿Ya ha terminado el tratamiento? –le preguntó, arrepentida de su propio tono de decepción.

–Por ahora.

«¿Por ahora?», repitió para sus adentros. Pero lo que siguió después constituyó la mayor sorpresa de todas.

–¿Te apetece que demos una vuelta? ¿Estás en condiciones de montar a caballo?

–¿Para qué? –dijo mientras se cubría con la toalla.

–Quiero enseñarte algo.

–¿De qué se trata?

–Es simplemente un lugar que me gustaría enseñarte. Un lugar que significa mucho para mí.

–¿Tu palacio?

–Vamos. Ah, y llévate un cojín –mientras hablaba, agarró uno y se lo lanzó.

–¿Para qué?

–Para el caballo. O, mejor dicho: para tu trasero.

Riendo, le arrojó el cojín a su vez, de broma. De alguna forma, la tensión entre ellos parecía haberse evaporado.

–Aunque será mejor que montes conmigo –sugirió de pronto él–. Así iremos más rápido–. Venga, ponte esto y vámonos.

–¿Qué es? –examinó la preciosa prensa bordada con hilos de plata que Raffa acababa de entregarle–. No es la túnica que llevaba antes.

–Claro. Eso fue antes de que te prepararan para el jeque, ¿recuerdas?

–¡Ja! –exclamó Casey, devolviéndosela–. Llevaré pantalones para montar, gracias. Debería recordarte...

–¿Qué? –la interrumpió, lanzándole una mirada más que perversa.

–Que monto fatal a caballo.

–Pero yo no. Así que no admito excusas.

Nunca en toda su vida se había sentido más segura ni más en peligro a la vez. Montada delante de Raffa a lomos de su magnífico semental negro, no albergaba el menor temor de acabar en el suelo. Lo cual no evitaba la conciencia que tenía del riesgo, mucho mayor, de acabar enamorándose de él.

La deliciosa sensación de su melena ondeando al viento mientras el caballo atravesaba a todo galope el desierto, con Raffa acunándola contra su pecho, era sencillamente increíble. La experiencia más romántica que había vivido nunca. El cielo estaba tachonado de estrellas y la luna iluminaba su camino.

Raffa manejaba las riendas con una mano mientras la sujetaba firmemente con la otra. Casey podía sentir su calor y su fuerza, el firme latido de su pulso, su fresco aliento a menta acariciándole la mejilla. Se apoyó contra su pecho con los ojos cerrados, dejando que sus caderas se movieran al explosivo ritmo del caballo. Montar estaba empezando a gustarle cada vez más. Deseó de repente que aquel viaje durara para siempre.

Al menos duraría para siempre en su recuerdo. ¿Cómo podría no hacerlo, cuando estaba cabalgando de noche por el desierto en compañía de un jeque que era la culminación de todas sus fantasías? Con los pliegues de su túnica negra ondeando al viendo y su rostro oculto tras el misterioso *howlis*. ¿Y su palacio?, se preguntó. ¿Cómo sería?

Estaría seguramente apartado del mundo y protegido por aquellos farallones de granito hacia los cuales se dirigían en aquel momento. Sería difícil de encontrar: sería un nido de águilas, una fortaleza, la guarida del león dorado del desierto. Tendría suntuosas habitaciones protegidas del sol implacable bajo cúpulas de pan de oro. Las paredes estarían decoradas con frescos con eróticas escenas, y por supuesto habría una cama de talla gigantesca, donde los amantes se revolcarían entre las sábanas refrescadas por las aspas de un lánguido ventilador... Todo ello mientras las fuentes del jardín cercano entonaban cantos de sirena al ritmo de sus suspiros...

Capítulo Quince

Mientras guiaba su montura por el empinado sendero de montaña, se preguntó por lo que estaría pensando Casey. Llevaba un buen rato callada, como si estuviera soñando despierta. Esperaba que no se sintiera decepcionada por lo que estaba a punto de mostrarle.

Le estaba descubriendo una parte muy importante de su vida. Porque lo que había empezado como la búsqueda de una buena profesional se había convertido en algo muy distinto, y estaba deseoso de conocer a fondo a la mujer que se hacía llamar Casey Michaels.

De repente vio que su potro Raad aguzaba las orejas como si hubiera olfateado ya el lugar que tanto amaba. El lugar que hombre y animal consideraban su verdadero hogar.

Por una vez, Casey se quedó sin palabras. Raffa se volvió hacia ella:

–¿No estás decepcionada?

–¿Decepcionada? ¿Cómo podría estarlo?

Se hallaban al borde de un profundo cortado, donde un torrente, nacido de una fuente oculta, se precipitaba en un rosario de cascadas hasta remansarse en una poza iluminada por la luna. Aquélla tenía que ser una de las más ignotas maravillas del mundo.

Raffa bajó de un salto del caballo y la ayudó a desmontar.

–Encontrarás el agua sorprendentemente caliente. Aunque debería advertirte que el torrente está terriblemente frío.

–De modo que me has traído a otro spa...

–Un spa natural.

Raffa se ocupó de desensillar el caballo y de llevarlo a abrevar. A Casey no le pasó desapercibida la ternura con que acarició los flancos del animal, tranquilizándolo. De alguna forma, él había hecho algo parecido por ella: incluso le había hecho olvidarse de su torpeza a la hora de montar al caballo, hasta el punto de suscitarle la ilusión de que sabía hacerlo.

¿Montar a caballo? En sus brazos, sería capaz hasta de volar. Pero se recordó que no debía esperar demasiado de aquella salida. De haber podido suceder algo entre ellos, habría sido en el oasis. Aquella excursión era una sencilla oportunidad que Raffa le estaba ofreciendo de compartir los tesoros de su país: tesoros que supuestamente ella se encargaría de vender al mundo, si al final conseguía el ansiado puesto.

–Vamos –le dijo él, tendiéndole una mano.

–¿Adónde? –la aceptó. Se sentía súbitamente tímida e insegura ahora que Raffa había vuelto a concentrar toda su atención en ella.

–Quiero que veas algo. Tendrás que trepar un poco.

–¿Un *poco*? –Casey miró nerviosa la pared rocosa que se alzaba frente a ella.

–Puedo cargarte a la espalda, si quieres.

Detectando el tono burlón de su voz, replicó:

–Soy perfectamente capaz de mantenerme sobre mis dos pies, gracias.

–Hay un sendero, pero no es ése que estás tomando –le dijo, alcanzándola en un par de zancadas.

–Oh...

–No es fácil de ver si no sabes dónde mirar.

–Y tú, por supuesto, sí que sabes dónde mirar, ¿no?

–Me gustaría pensar que sí –se la quedó mirando fijamente.

–Entonces será mejor que me enseñes el camino.

Pero él no se movió. Casey aspiró profundamente. No era fácil reprimir toda la emoción que bullía en su interior y, mientras Raffa continuaba mirándola, tuvo la sensación de vivir un momento trascendental, determinante de su vida.

Raffa le había regalado la suficiente confianza en sí misma para reconocer que lo deseaba, pero... ¿la desearía él a ella?

–¿Puedo preguntarte algo?

Raffa supo que el momento había llegado. El mundo de fantasía de Casey había chocado por fin con la realidad. No le sorprendió lo más mínimo que sus contenidas frustraciones estallaran de pronto.

–Raffa... ¿qué dirías si te pidiera que me hicieras el amor?

–Te diría que eres virgen y que antes deberías estar muy segura de ello –adivinó en seguida sus pensamientos. Se estaba preguntando si acaso llevaría la palabra «virgen» escrita en la frente...

–¿Cómo sabes que soy virgen?

–¿Años de experiencia? –sugirió con una leve sonrisa.

–Por favor, no te burles de mí. Ahora no.

Empezó a desenredarse su *howlis.* Aquello era justo lo que había deseado desde que puso por vez primera sus ojos en Casey, y sin embargo dudaba. Había disfrutando viendo cómo poco a poco iba ganando su confianza, hasta el punto de que había confiado en él incluso para quedarse desnuda. Pero todavía tenía la sensación de que, para ella, él no era más que una fantasía. ¿Sería posible que no lo viera como a un hombre de carne y hueso? Decidió posponer su veredicto por el momento.

–Guiaré yo. ¿Te parece? –inquirió, desviando la mirada hacia el sendero.

Casey asintió con la cabeza, esforzándose desesperadamente por disimular su decepción.

Aún tenía muchas cosas que aprender: entre otras, que la espera siempre incrementaba el placer del resultado final.

Habían subido ya la mitad de la primera cuesta cuando doblaron una esquina y una plataforma natural, al abrigo de los elementos, apareció ante sus ojos.

–Había pensado en acampar aquí.

–¿A pasar la noche? –Casey no pudo disimular un tono de preocupación.

–¿Tienes hambre, no?

–¿Hambre? Sí –esa vez lo que no pudo reprimir fue un tono de alivio. Aunque le quedaba todavía una preocupación–. Eh... ¿dónde está el baño?

–Puedes escoger el arbusto que quieras. Y el baño lo tienes al pie de la cuesta que hemos subido. Con ducha incluida.

–Creo que me ocuparé de encender el fuego.

–¿Tú? –le preguntó cuando ya había empezado a bajar de nuevo para recoger algunas cosas.

–¿Por qué no? –tal vez era una inútil por lo que se refería a las artes amatorias, pero sabía encender un fuego. Sacó un mechero de yesca de un bolsillo para demostrárselo.

Raffa se echó a reír: un fogonazo de sus dientes blancos que sirvió para aligerar su tensión casi tanto como su idea de encender una fogata.

–Me había olvidado de tu mechero de yesca.

Se lo quedó mirando hasta que desapareció de su vista. Raffa se movía con la agilidad de un león de montaña: el mismo león que era símbolo de la valentía y coraje en la enseña de su país. Se apresuró a proteger con el cuenco de sus manos la débil llama que había logrado prender en un montón de astillas. Por lo general era más hábil a la hora de encender fuego, pero aunque su mente estaba concentrada en la tarea, su corazón seguía con Raffa.

Aquello era una indulgencia de las que no solía permitirse. No recordaba la última vez que se había tomado un descanso tan largo en aquella su zona favorita del desierto. Años atrás, aprovechando sus permisos del ejército, solía retirarse allí para reflexionar, para pensar sobre aquello que lo inquietaba y llegar a una conclusión.

Sobre Casey, sin embargo, no había llegado a ninguna. En ese sentido, el desierto le había fallado. Se volvió para mirar la ladera, donde una columna de humo le confirmó el éxito que había tenido a la hora de encender el fuego. Sonrió. Aquella mujer era una caja de sorpresas, y él disfrutaba de su compañía, pero la vida nunca era tan sencilla. De lo único que estaba seguro era de que había conseguido el puesto. Los detalles todavía no estaban claros, pero obviamente Casey todavía tardaría algún tiempo en marcharse de allí.

Volvió con alfombras, comida y bebida, para encontrarse a Casey a cuatro patas, soplando decidida un tronco que no terminaba de arder.

–¿Seguro que no necesitas ayuda con eso? –se agachó a su lado, resistiendo la tentación de tocarla.

–Bueno, ahora que lo dices... –se volvió para mirarlo–. Creo que podrías ayudarme con mi mano.

–¿Tu mano?

–Sí. Parece que me tiembla.

Fueron cada uno al encuentro del otro como una fuerza de la naturaleza. Fue imposible saber quién se acercó primero. Casey sintió que sus pezones se endurecían, su respiración se aceleraba, y se excitó instantáneamente cuando Raffa reclamó su boca con un ansia feroz y posesiva.

La marea de placer fue tan rápida que soltó un sollozo de asombro mientras caía presa de un violento clímax. Raffa la sostuvo en sus brazos mientras la oía gemir.

–Oh, no. Oh, no...

Pero el placer seguía barriéndola en oleadas. Le besó las cejas, los párpados cerrados y los labios... hasta que Casey se apartó de él en medio de un embarazoso silencio.

Enterrando la cabeza entre las manos, deseó encontrarse en aquel momento a un millón de kilómetros de allí.

–¿Casey? –murmuró Raffa con tono suave. Acunándole la cabeza entre las manos, la miró fijamente a los ojos–. No es así como hay que hacerlo.

–¿Y quién decide eso? –preguntó con voz débil–. ¿Tú?

Se quedó callado. La culpa era suya. Había permitido que las cosas evolucionaran demasiado rápido. Había querido compartir aquel lugar tan especial con ella. Pero Casey era demasiado joven, demasiado inocente.

–Nunca debí haberte traído aquí.

–No, has hecho bien –replicó, vehemente–. Debo conocer el país que supuestamente tendré que vender al mundo.

–Casey, Casey... –le retiró las manos de la cara, con las que intentaba ocultar su vergüenza–. Creo que ambos sabemos que esto ha rebasado con mucho lo que empezó como una simple entrevista de trabajo. Por mucho que lo desee, yo nunca podré darte todo lo que mereces.

–Yo no quiero nada de ti –protestó.

Que nunca querría nada de él en un sentido material, eso ya lo sabía Raffa. Pero había otras cosas que ella se merecía.

–¿No quieres mi tiempo?

La mirada que le lanzó la desgarró el corazón.

–Pues yo no puedo dártelo –le dijo, cruel, para salvarla antes de que fuera demasiado tarde–. A'Qaban ocupa todo mi tiempo y yo no puedo dártelo. Si te hago el amor, las cosas cambiarán.

–¿Por qué tienen que cambiar?

Sólo la inocencia habría podido provocar una pregunta así. Pero cuando fue a tocarla, ella se apartó.

–Casey, yo ya estoy casado: con mi sentido del deber y con mi país.

–¿Quién ha hablado de casarse? –estalló, volviéndose rápidamente hacia él.

Se quedó callado. Tal vez no la conociera más que

de algunos días, pero sí la conocía lo suficiente como para saber de sus sueños y esperanzas. Una aventura no era lo que ella quería.

–¿Me perdonas? –inquirió en un susurro.

–¿Perdonarte? –frunció el ceño, extrañada.

–Por favor –tomando sus manos entre las suyas, se las llevó a los labios. Durante toda su vida había sido un cazador, un depredador. Pero, en aquel instante, su único pensamiento era proteger a Casey y evitar su sufrimiento.

–¿Un último beso? –le sugirió ella, esperanzada.

Vio que estaba sonriendo. Una sonrisa que lo habría engañado si no hubiera tenido los ojos anegados de lágrimas.

–Ven aquí... –le pasó un brazo por los hombros. Era tan dulce y vulnerable… Podía imaginarse perfectamente la humillación que debía de estar sintiendo.

Inclinó la cabeza con intención de besarla una vez más, en una mejilla, castamente. Por muy doloroso que resultara aquello para los dos, significaría una despedida: por lo menos para aquel aspecto de su relación.

Pero se llevó una sorpresa. ¿Y él había estado seguro de conocerla? Casey le arrancó de pronto el *howlis* con sorprendente energía y, enterrando los dedos en su pelo, lo acercó hacia sí.

–¿Qué crees que estás haciendo? –le preguntó, sorprendido.

–Lo sabes perfectamente –respondió con voz firme.

Habría podido apartarla de sí, pero antes quería hacerle entrar en razón.

–Casey, no seas estúpida...

Se abrazó a él. Una de las manos de Raffa se abrió camino hacia su fina cintura. Un soplo de brisa escogió aquel momento para acariciar sus rostros, y en un gesto inconsciente la envolvió en su túnica con el fin de compartir con ella su calor.

Fue entonces cuando se perdió. El mundo erótico contra el que se había estado resistiendo lo reclamó de golpe. La sensación de su cuerpo contra el suyo, el acelerado latido de su corazón y la caricia de su aliento lo precipitaron todo: la estaba besando, y en absoluto castamente.

Mientras la besaba, buscó su mano y entrelazó los dedos con los suyos, como prometiéndole en silencio que la protegería, que la mantendría a salvo. Casey así lo comprendió, y cuando alzó la mirada con la confianza brillando de nuevo en sus ojos, las tornas habían cambiado. Era ella quien lo había convencido a él.

Se besaron y acariciaron frente a la fogata de una manera que Raffa no había vuelto a hacer desde la adolescencia, hasta que...

–¿Te he hecho llorar? –frunció el ceño, paladeando la sal de sus lágrimas.

–La culpa es tuya –respondió Casey, riendo y llorando a la vez.

–Explícate –le pidió, divertido.

–No te rías de mí, Raffa –cuando le tocó los labios, se quedó inmediatamente serio–. Nadie me había hecho enfrentarme a mis miedos antes.

–¿Y sigues teniendo miedo?

–Sí.

–¿Siempre habías pensando que el acto del amor era algo violento, doloroso y apresurado, que sólo reportaba placer al hombre? –sugirió.

Casey no podía creer que estuviera hablando de aquellas cosas con Raffa. Aquello era algo que ni siquiera había sido capaz de tratar con sus padres... que eran unos verdaderos expertos en ese campo.

–Crees que el hombre debe llevar toda la iniciativa, y que lo único que se espera de ti es que te tumbes y te dejes hacer, ¿verdad?

–¿Cómo lo sabes? –de repente se acordó de la contestación que le había dado antes–: ¿Años de experiencia?

–¿Creías que iba a cargarte al hombro para llevarte al desierto como si fueras una virgen cautiva? –frotándose la mandíbula, añadió pensativo–: Aunque lo cierto es que tampoco sería una mala idea...

–Raffa... –le reprochó en son de broma. A esas alturas parecía perfectamente relajada.

–¿Quizá habrías preferido eso? Todavía estamos a tiempo –le advirtió.

–Pero yo confío en ti.

–Eso espero.

–Sigo teniendo miedo.

–Eso es porque no conoces las reglas.

–¿Qué reglas?

–Regla número uno: no se permite tener miedo en el desierto.

«Ojalá fuera tan sencillo», pensó Casey, abrazándose. Acababa de hacer el ridículo delante de Raffa de la peor manera posible. Él había intentado reconfortarla, pero ella seguía excitada. Nunca en toda su vida se había excitado tanto. Tenía los pezones ardiendo y el sexo le latía de pura necesidad: lo sentía húmedo e inflamado. Nunca antes había tenido tantas ganas de sexo. Y jamás en toda su vida había estado tan convencida de que no habría sabido qué hacer en caso de que hubieran terminado haciendo el amor.

–Soñando despierta otra vez. ¿O quizá preocupándote?

–Soy una incapaz.

–¿Incapaz en qué?

–En sexo.

–Pues yo no –la tomó suavemente de la barbilla.

–No tiene gracia, Raffa.

–No, no la tiene –convino, tornándose serio–. Tus padres se dedican a asesorar a la gente sobre problemas sexuales, y por alguna razón tú pareces pensar que tú tienes esos mismos problemas.

–*Sé* que los tengo.

–¿Cómo lo sabes?

–He leído libros y sé que...

–Tú no sabes nada –la interrumpió–. ¿Cómo puedes saber algo cuando todavía eres virgen? Has leído demasiados libros, Casey, y la vida no se experimenta en los libros. Los libros son instructivos e interesantes, sorprendentes a veces, pero nunca podrán sustituir lo que significa vivir en el momento y todo lo que ello supone: sentir, compartir, querer, adorar, reír, llorar.

–¿Amar? –se lo quedó mirando fijamente hasta que leyó la respuesta en sus ojos.

–¿Amar *en el momento*? Sí, por supuesto.

Fue aquella respuesta lo que hizo que se apartara de él. Raffa sabía que acababa de cometer una crueldad, pero nada tenía que ofrecerle a largo plazo, y tampoco pensaba engañarla. Casey era especial... muy especial. Y él se sentía el peor hombre sobre de la tierra solamente de ver cómo se abrazaba las rodillas, escondiendo el rostro de nuevo. Era como si acabara de desperdiciar todo el bien que le había hecho durante los últimos días.

–Lo siento.

–No, soy yo la que lo siente –lo cortó, alzando la cabeza. Ya no tenía lágrimas: sólo una expresión resignada–. No debí haberte presionado así. No tengo ningún derecho. No sé qué estaba pensando...

Había estado pensando todo lo que ella había estado perfectamente autorizada a pensar: que él la había llevado hasta allí para hacerle el amor. Se trataba de una suposición perfectamente razonable. Qué no habría dado porque Casey dejara de creer que los libros de sus padres contenían todas las respuestas... Y que los cuentos de hadas podían hacerse realidad.

Volvió a colocarse su *howlis.*

–No soy un jeque muy romántico, ¿verdad?

–Oh, no sé –desvió la mirada hacia la inmensidad del desierto–. Tú me has traído aquí, ¿no?

Escuchar el tono irónico de su voz fue mucho mejor que ser testigo de su incomodidad, de su incertidumbre.

–¿Debería esforzarme más?

–Podrías intentarlo.

–Tus ojos son como estrellas –declamó, solemne–. ¿Te sirve eso?

–Supongo que tendrá que servirme.

Casey seguía sonriendo cuando una nube ocultó la luna, sumiendo el paisaje en la oscuridad. Percibiendo su inquietud, Raffa le tocó suavemente un brazo.

–No me digas que también te da miedo la oscuridad.

Cuando la nube terminó de pasar, Casey lo estaba mirando fijamente a los ojos. Raffa sospechó que era el momento más íntimo que había compartido con nadie. Fue entonces cuando ella susurró:

–Hazme el amor.

Capítulo Dieciséis

En ningún momento se preguntó Casey por qué no debía y, sobre todo, por qué no podía hacer eso. Cada excusa que su falta de confianza en sí misma se había inventado había quedado evaporada ante la abrumadora sensualidad de Raffa. No habiendo experimentado nunca antes una pasión semejante, se apretó contra él con sus senos suspirando por su contacto.

Cuando él profundizó el beso, Casey soltó un ronroneo de aprobación:

–Oh, por favor –suplicó, aferrándose fieramente a él–. No te atrevas a cambiar de idea ahora…

No hubo oportunidad de que hiciera nada parecido. Raffa procedió a desnudarla con toda tranquilidad. Las palabras «años de experiencia» parecían reverberar en el ambiente. Y la revelación de que el sexo podía ser divertido no hizo sino estimular la confianza de Casey. El sexo siempre le había parecido algo muy serio, según los libros de sus padres. Pero con Raffa...

Dejó de pensar cuando él volvió a apoderarse de su boca, abriéndole los labios con la presión de los suyos, explorándola y saboreándola... Todo ello sólo para retirarse y tentarla a continuación con la lengua, delineando su contorno antes de hundirse de nuevo, como atrevido recordatorio de lo que pensaba hacerle.

Estaba ardiendo por él; cada célula de su cuerpo

mendigaba sus caricias, su atención. Aturdida de puro gozo, le ofreció sus senos, suplicándole que la aliviara del dolor que la quemaba por dentro.

Apoderándose de sus pezones, Raffa se dedicó a acariciárselos mientras le susurraba palabras tranquilizadoras en su lengua. Pero Casey se negaba a tranquilizarse. El deseo parecía concentrarse sobre todo en su sexo, latiendo insistente.

–¿Tienes suficiente calor? –le preguntó él al ver que temblaba de manera incontrolable.

El deseo se enroscaba como un remolino en su interior, imposibilitándola responder. Sólo podía retorcerse bajo su cuerpo, buscando un mayor contacto. Aquellos sentimientos, aquellas increíbles sensaciones eran todas nuevas. Y mucho más fuertes e intensas de lo que había soñado.

–Sólo hay una manera de asegurarse –gruñó Raffa–. Tendré que abrigarte.

Seguía frotándose sin ningún pudor contra él, aprovechándose de la fricción de su poderoso muslo entre sus piernas.

–Por favor... –murmuró con voz temblorosa, ávida.

Raffa se sacó la túnica por la cabeza. Debajo estaba completamente desnudo.

–Siempre me pregunté por lo que llevaría un jeque debajo de su túnica –murmuró ella, estirando una mano hacia su tatuaje.

–Bueno, ahora ya lo sabes.

–Un preservativo *y* un tatuaje.

–Suficiente, ¿no te parece?

–Mejor que bi... –se interrumpió cuando la mano de Raffa encontró el lugar entre sus piernas con certera precisión.

–¿Mejor que bien?

Sólo podía retorcerse presa de un ávido deleite. No podía haber nada mejor que aquello, era imposible... Cerrando los ojos, se rindió al placer que Raffa proporcionaba con la mayor destreza y sensibilidad.

–Te necesito... te necesito... por favor... por favor.

Pero aunque seguía estimulándola, se negaba a regalarle la liberación.

–Oh, por favor, no te detengas –estaba prácticamente sollozando de decepción para cuando él cambió de postura.

–¿Quién dice que pienso detenerme? Quiero que me sientas...

A Casey se le secó la garganta. Estirando nerviosamente una mano, perdió el aliento cuando vio su tamaño. Incluso intentó apartarse, pero él se movió de tal manera que llegó a tocarla con la punta de su erección.

–Yo nunca te haría el menor daño, Casey.

–Oh –se quedó boquiabierta. Era tan grande, tan enorme...

Raffa la estaba besando, meticulosa y persuasivamente, hasta que todos sus temores se disolvieron y ella volvió a besarlo con ansia, deseosa de intensificar su contacto, su presión... Deseosa de todo lo que él pudiera darle.

Era tan dulce y vulnerable bajo su cuerpo... y sin embargo la embargaba la misma feroz ansia que a él. Se había aferrado a sus hombros para urgirlo a continuar con palabras que no habían podido menos que sorprenderlo.

–De acuerdo, vamos a ello –murmuró, sonriendo

contra sus labios. Aquello era todo lo que había querido para Casey. Y lo que había querido de ella. Sus ojos se habían tornado casi negros, con sólo un fino ribete azul cobalto en torno a sus dilatadas pupilas. Las suyas debían de tener el mismo aspecto. La deseaba como nunca antes había deseado a ninguna mujer. Al separarle un poco más los muslos, la encontró tal y como había esperado, o incluso algo más: húmeda, caliente, deliciosamente dispuesta. Volvió a rozarla con la punta de su erección, por el puro placer de escuchar su dulce grito de gozo.

–Por favor, Raffa... Por favor.

–Paciencia –murmuró contra su boca, moviéndose rítmicamente con la intención de entrar cada vez un poco más.

–No... ¡Ahora! –insistió, tomando la iniciativa y acudiendo a su encuentro–. Oh, Raffa... –gimió mientras él se hundía con infinito cuidado para poseerla por completo.

Pero por muy tentado que estuviera de hacerlo, jamás se olvidaría de lo muy inexperimentada que era.

–¿Te hago daño?

–Si te detienes ahora, no te lo perdonaré nunca.

Su mundo estaba compuesto únicamente de Raffa. Su concentración estaba toda ella puesta en él: en su musculosa espalda bajo sus dedos, en su duro pecho frente a su rostro, en el sublime movimiento de sus caderas que la estaba transportando a aquellos lugares que siempre había anhelado visitar. Sus ojos estaban llenos de él, y sus oídos sintonizados con sus eróticas palabras pronunciadas en su lengua. Su mundo era el placer: un placer que a ella misma le producía incredulidad mientras Raffa se hundía profundamente en su interior. La estaba habitando por entero: no sólo su cuerpo, sino también su mente, su alma, su corazón.

Se estaba moviendo a mayor velocidad, con firmes y prolongados embates, pero la expectación de Casey era tan grande que empezó a asustarse.

–No puedo...

–Sí que puedes –insistió él–. Yo te protegeré. Yo cuidaré de ti.

–No... por favor... De verdad que no puedo...

–Sí –replicó rotundo, continuando con aquel decidido asalto a sus sentidos.

Segundos después fue consumida por el éxtasis. Mientras un violento placer se apoderaba de su cuerpo, Raffa la protegió y mantuvo a salvo como le había asegurado que haría. Y ni siquiera cuando ella se hubo tranquilizado interrumpió aquel ritmo constante.

–No puedo... otra vez no –pronunció, más maravillada que sorprendida.

–¿Pero quieres o no? –le sonrió, perverso.

–Sabes que sí –jadeó al tiempo que enredaba las piernas en torno a su cintura.

–Entonces puedes –y, acunando sus nalgas con sus poderosas manos, se lo demostró.

–¿Existe alguna técnica sexual que no conozcas? –inquirió Casey, soñolienta, varias horas después.

Arrebujada en los brazos de Raffa y tumbada sobre las alfombras, contemplaba el cielo que ya empezaba a clarear. El lila competía con el tono mandarina de las nubes. El paisaje, sin embargo, no bastaba para distraerla del espectáculo de su cuerpo desnudo enlazado con el suyo.

–Creo que descubrirás que es necesario tomarse uno o dos descansos –observó él mientras enredaba un dedo en uno de sus rizos.

–Y yo creo que eso resultaría humillante –susurró ella contra sus labios–. Y completamente innecesario.

–¿Tengo que entender que quieres más? –lo dijo con tono aprobador, mientras la colocaba encima de sí–. ¿Seguro que quieres perderte el amanecer en el desierto? Es la razón por la que te he traído aquí...

–Entonces tendrás que volver a traerme.

Hacer el amor con Raffa era el mayor de los gozos, la alegría suprema. «¿O quizá el máximo autoengaño?», se preguntó para sus adentros. No. No permitiría que las dudas les estropearan aquel momento. Raffa podría ser un rey y estar casado con su país, pero ella aprovecharía lo que él se dignara darle y luego se marcharía.

Abrazándose a él, lo besó con pasión. Pero el presentimiento de que aquello no era más que un sueño se negaba a abandonarla.

Capítulo Diecisiete

–Así que... ¿tu palacio está lejos de aquí? –le preguntó a Raffa, recordando lo que había pensado cuando empezaron la excursión.

–¿Mi palacio? –relajado y más sexy que nunca, rodó a un lado para quedarse mirando el cielo, que seguía clareando–. *Esto* es mi palacio.

–¿Esto? –siguió la dirección de su mirada. Dos águilas planeaban y daban vueltas en lo que parecía una compleja danza nupcial.

–¿Puedes concebir algo más bello? –murmuró él.

«No», pensó Casey mientras admiraba el vuelo de aquellas majestuosas aves.

Raffa se sentó en la alfombra, completamente ajeno a su desnudez.

–¿Vamos a bañarnos?

–¿Se habrá calentado ya el agua?

Después de echarle una alfombra sobre los hombros para mantenerla en calor, la tomó delicadamente de la barbilla y depositó un beso en sus labios.

Cerró los ojos, suspendida en aquel momento mágico. Para cuando volvió a abrirlos, Raffa ya se estaba poniendo su túnica. Recogiendo su ropa, se dispuso a vestirse. Una sensación de inevitabilidad empezó a apoderarse de ella, como si aquel beso hubiera señalado el principio del fin.

Sin decir palabra, la tomó de la mano para acercarla al borde del precipicio, desde donde se divisaba la inmensa llanura

–¿Esperas a alguien? –le preguntó ella, bromista.

–Este paisaje me da fuerzas. Me recuerda quién soy y el lugar de donde vengo.

«Y al que volverás», añadió Casey en silencio, estremecida.

–Háblame de tus padres –le pidió en un impulso, como aferrándose a algo que sabía estaba a punto de desaparecer: el tiempo que estaban pasando juntos.

Por un instante pensó que había ido demasiado lejos. Pero Raffa se limitó a encogerse de hombros.

–Es muy poco lo que recuerdo de ellos.

–Si no quieres, no tienes por qué...

–No –se alejó del borde, para quedar a la sombra de la montaña–. Murieron en un golpe de Estado, hace muchos años. Yo era un niño en aquel entonces. Mi madre pudo haber abandonado el país conmigo. Pero, en lugar de ello, me envió a Inglaterra con un pariente y decidió quedarse en A'Qaban con mi padre.

–Qué bonita historia de amor... y qué trágica.

–Sí. Fue ambas cosas –de repente su voz se había tornado fría, distante.

–Por lo menos se preocuparon de ti. Te salvaron la vida.

–Hicieron algo más que eso: me dieron algo por lo que vivir –declaró con tono firme. El mensaje de sus palabras no hizo más que reforzar sus temores sobre el poco tiempo que les quedaba para disfrutar juntos.

Casey buscó su mano. Al principio él no reaccionó, pero luego pareció relajarse y entrelazó los dedos con los suyos.

–Mira, no pretendía pecar de curiosa, yo...

–No pasa nada –la interrumpió, sonriente–. En tu lugar, yo habría hecho exactamente lo mismo.

–Bueno. Y ahora... ¿qué hacemos?

–Dejar de preocuparnos –parecía haber recuperado su humor habitual–. Y nadar.

–De acuerdo –forzó una sonrisa. Se recordó que estaba viviendo la mayor aventura de su vida. Y quizá el comienzo de algo más que eso...

¿Y por qué no?, se preguntó mientras los demonios familiares de la duda volvían a acosarla.

–¿Qué es eso? –Casey corría excitada de un árbol a otro, mientras se acercaban a la poza. Se estiró para tomar una redonda fruta de una especie de palmera baja. Era un melocotón. ¿En una palmera? ¿Cómo era posible?–. ¿Lo has puesto tú aquí?

Raffa abrió los brazos y sonrió.

–Es lo malo que tenéis las chicas de ciudad –la estrechó en sus brazos cuando volvió con la preciada fruta–. No tenéis imaginación. Alto ahí –le dijo al ver que se llevaba el melocotón a la boca–. Antes de comerlo, tienes que pagar por él.

–¿Y cómo voy a pagar si no llevo dinero encima? –al ver su traviesa expresión, añadió–: ¡Eres imposible!

«Nunca he sido más feliz», pensó en el instante en que Raffa volvía a besarla. Finalizado el beso, se dio cuenta de que se había quedado mirándolo embobada y se apresuró a dar un bocado al melocotón.

–Mmmm... Delicioso –murmuró, con el zumo corriéndole por la barbilla.

–Permíteme ayudarte –le sugirió él antes de inclinar la cabeza para lamer el dulce líquido de sus labios.

–¿No vas a conseguirte tú otro? –no tenía prisa por separarse, y habría sido capaz de quedarse mirándolo para siempre. Había un melocotón en cada palmera–. Debiste de aprovecharte de que dormía para hacer esto, ¿no? Un buen golpe de efecto.

–Haces demasiadas preguntas. ¿Por qué no disfrutar sin más del momento?

–Porque nunca conseguiremos llegar hasta el agua.

–¿Quién ha dicho que no? –para su sorpresa, se despojó rápidamente de la túnica–. Te echo una carrera –y echó a correr.

–¡Tramposo!

Se zambulló segundos antes de que Casey llegara a la orilla. Soltó un grito nada más entrar en el agua.

–¡Dijiste que estaría caliente! –miró a su alrededor. No lo veía por ninguna parte.

–Y lo está –dijo, emergiendo de golpe a su lado y arrancándole otro grito.

–Me has asustado.

–Te invito a una copa de champán bien fría. Eso ahuyentará tus temores.

–¿Aquí? Estás de broma...

–Te aseguro que no... –y la guió a la parte que menos cubría, muy cerca de la cascada–. Mete la mano ahí.

Casey no veía otra cosa que la cortina de agua, pero a insistencia de Raffa estiró una mano.

–¿No lo encuentras? Espera, yo te ayudo –gritó para hacerse oír por encima del fragor del torrente.

–¡Lo tengo! –exclamó triunfante al tiempo que sacaba una gran botella. Champán.

–Y copas –le informó Raffa, quitándole la botella de las manos.

–Parece como si hubieras planificado todo esto

con precisión militar –le dijo mientras volvía a hundir la mano en la cascada.

–¿Es una queja? –murmuró él, con la boca peligrosamente cerca de su oreja.

–Para nada –rió, feliz.

–Entonces vamos a desayunar.

Se vistieron rápidamente: Raffa con su túnica y ella con su ropa, arrepintiéndose de haber rechazado la túnica que él le había ofrecido en beneficio de los incómodos tejanos. Poco después la llevaba a una umbría, bajo unas palmeras.

–¿Te apetecen cruasanes?

Casey se quedó boquiabierta ante el festín que se ofrecía a sus ojos, dispuesto sobre una alfombra. Había incluso cojines para sentarse, en un ambiente refrescado por la cercanía de la poza. Sobre un mantel de lino había un impresionante surtido de frutas, panes y quesos: todo pulcramente cubierto con un paño de hilo para protegerlo de los insectos.

–Eres una caja de sorpresas –meneó la cabeza, incrédula–. Pero… ¿realmente hemos traído todo esto en el caballo?

De repente lo comprendió todo. Raffa debía de pensar que era una redomada estúpida.

–¿Qué pasa? –le preguntó él.

–Con que no habías preparado nada de esto, ¿eh? –hizo un gesto de decepción.

–¿Te dije yo que no lo había hecho?

–No hacía falta. Yo supuse que... –miró a su alrededor–. Supuse también que estábamos completamente solos, tú y yo. Y eso no podía ser cierto, ¿verdad, Raffa?

–¿Qué diferencia hay?

–¿Me preguntas qué diferencia hay cuando hemos

andado por ahí desnudos? ¿Cuando nos hemos bañado desnudos, y creyendo además durante todo el tiempo que estábamos en nuestro paraíso particular? Pues sí que la hay –se apartó, con un escalofrío helado recorriéndole la espalda–. Me has engañado –le echó en cara, girándose en redondo hacia él–. ¿Es así como va a ser todo?

Se interrumpió de golpe, con las palabras congeladas en los labios. No *habría* nada entre ellos, porque su relación no tenía ningún futuro. ¿Acaso no iba a aprender nunca? ¿Cuándo se le metería en la cabeza?

Raffa se acercó a ella.

–Estábamos solos –le dijo con tono suave–. Estuvimos solos hasta que amaneció, cuando la caravana nos trajo las provisiones que dejé encargadas en el campamento beduino. Quería hacerte un regalo especial. Algo que no olvidaras nunca.

Confusa y emocionada a la vez, se pasó una mano por los ojos.

–Lo siento.

–¿Casey?

–Lamento haberlo estropeado todo. Siempre tengo que estropearlo todo.

–No es verdad. Simplemente te sientes mal porque estás mentalmente cansada de batallar contra tu conciencia. Y porque estás agotada después de una noche de amor: una noche que ha cambiado toda tu vida.

«¿Y la tuya no?», le preguntó en silencio. Descubrir que para Raffa ella no era más que una aventura más de una larga lista... podría destruirla. Pero quizá había necesitado precisamente aquello para enfrentarse por fin a la verdad, a la realidad.

Capítulo Dieciocho

Se aferró al trabajo como un náufrago a una tabla salvavidas. No necesitó que Raffa la animara a vestirse y encontrarse con el equipo de empleados que tan discretamente se había mantenido al margen, una vez que había quedado demostrado que era posible suministrar un servicio de hotel de alta categoría en mitad del desierto.

La parte de su mente que no se quejaba de la pérdida de algo que realmente nunca había existido canalizó sus energías por medio del trabajo. No tardó en sumergirse en una animada discusión con Raffa y con su equipo: su propuesta era formar a más guías para promocionar el turismo de aquella zona. Al igual que él, estaba decidida a respetar y dejar intacto el modo de vida de los beduinos, pero si lograban convencer a algunos de ellos para que colaboraran en el proyecto, al menos a tiempo parcial, su idea tenía visos de convertirse en realidad.

–Algunos de estos hombres ya han hecho de guías –le explicó Raffa mientras regresaban a su improvisado campamento, para recoger sus pertenencias–. Si me presentas un plan detallado, lo discutiremos a fondo.

–La verdad es que no puedo pedir más –repuso, aunque evitando su mirada.

–Formamos un buen equipo, Casey.

Mientras la ayudaba a subir la ladera, ella no deseó sentir otra cosa que la fortaleza, la seguridad de su contacto.

–Me gusta tu idea –añadió él para cuando llegaron al abrigo rocoso donde habían pasado la noche.

–¿Significa eso que el puesto es mío? –mientras hablaba, intentó no mirar las alfombras donde habían dormido y hecho el amor.

–Por supuesto que sí. ¿Crees que te habría traído al desierto de haber decidido lo contrario?

El pecho empezó a hervirle de emoción, amenazando con ahogarla. Desviando la vista, se mordió el labio con fuerza, mientras se recordaba que era precisamente eso lo que había querido desde un principio. ¿Por qué entonces se sentía tan decepcionada?

–No lo sé –replicó, sincera–. Espero haberte demostrado que tengo talento y también ideas, y... –llegado a ese punto, vaciló.

–¿Qué te pasa, Casey?

–¿A mí? –el problema de siempre: era una soñadora, una ilusa. Había llegado el momento de despertarse de una vez–. Nada. Simplemente me preocupaba tanto no estar a la altura... que oír esas palabras tuyas ha sido todo un alivio.

–Quizá entonces deberías esforzarte más en refrenar tu entusiasmo –le comentó, irónico–. Porque sigues aspirando al puesto, ¿verdad?

–Naturalmente.

Mientras asentía con la cabeza como un autómata, comprendió que había aterrizado de golpe en la realidad. Quizá los melocotones y el champán habían tenido algo que ver en ello. La discreta presencia del equipo de Raffa, desde luego, sí. Ahora entendía que

Raffa hubiera querido ilustrar la maravillosa fantasía que vivirían los futuros visitantes de aquel lugar demostrándole que lo imposible era posible. Las sesiones amorosas que habían compartido... ¿serían otro ejemplo de lo mismo?

–¿Tendré que continuar con mi búsqueda de un especialista en marketing? –le preguntó él al ver que se quedaba callada, perdida en sus reflexiones.

–Ya lo tienes –respondió, instantáneamente alerta–. Trabajaré para ti, Raffa, y trabajaré bien –pero podría entregar su vida y su alma a A'Qaban y eso no lo acercaría más a Raffa. Podría compartir su cama, sí, y guardar una suma discreción al respecto, pero eso nunca le bastaría.

–¡Enhorabuena! Llamaré a la caballería y lo celebraremos adecuadamente.

–¿La caballería?

–Un helicóptero.

Por supuesto. Ésa era la vida de Raffa: una vida en la que ella no jugaba papel alguno más allá de su relación profesional. Después de hablar con alguien en su lengua, cerró el teléfono.

–Estarán aquí en diez minutos. Sí, ya lo sé –malinterpretó su expresión–. No está mal, pero a caballo es mucho más divertido.

–Sí, yo ya me había aficionado –le confesó ella, pensando que ahora que ya había tomado la decisión de dejar a un lado sus sentimientos, le resultaría más fácil relajarse en compañía de Raffa. Pero no era así.

–¿Qué te pasa? Pareces preocupada.

–¿Yo? No... –sacudió la cabeza. Cualquier otra cosa que tuviera que decirle, bien podría esperar.

***

El viaje en helicóptero hasta la capital transcurrió rápido y sin incidentes. El helipuerto se hallaba en lo alto del edificio de oficinas de Raffa. Inmediatamente la llevó a su apartamento del último piso, con la intención de abordar con ella los puntos más sensibles del contrato que estaban a punto de firmar.

Le resultaba tan fácil pasar del papel de amante al de patrón, reflexionó Casey, admirada. La dejó tomando una taza de café mientras él pasaba al baño a ducharse y cambiarse de ropa. Volvió diez minutos después vestido con un elegante traje.

–Lo has hecho de nuevo –le dijo ella sin pensar.

–¿El qué? –ya estaba revisando de nuevo su contrato.

–Que yo no estoy apropiadamente vestida para la ocasión, mientras que tú sí –observó Casey, señalando su vestimenta de safari.

–Discúlpame. Debí haberte llevado directamente al hotel, para que pudieras hacer lo mismo que acabo de hacer yo ahora. ¿Quieres usar el baño?

«¿Y prolongar aquella reunión?», se preguntó. No, gracias.

–No. No pasa nada –le dijo con su mejor tono profesional.

–Cuando firmes el contrato, tendrás acceso a todo lo que quieras en A'Qaban –le aseguró él.

«No a todo», se recordó mientras estudiaba el documento.

Para cuando Raffa había desenroscado su pluma, ella ya había tomado una decisión.

–Sólo hay una cosa que me gustaría cambiar.

–¿Cuál es? –se acercó para mirar por encima de su hombro el contrato.

–Poder desempeñar mi trabajo desde mi país.

–¿Qué estás diciendo, Casey? –la expresión de Raffa se oscureció de pronto.

–No voy a quedarme de manera permanente.

–Yo creía que habíamos llegado a un acuerdo.

–Puedo vender A'Qaban desde cualquier lugar del mundo –ella misma se sorprendió del tono tranquilo de su voz–. Puedo formar personal, implementar cambios e incluso dirigirlo todo desde la oficina que tengo en casa.

–A'Qaban es la oficina matriz de este trabajo –la interrumpió fríamente–. Y mis condiciones no son negociables. Son las más generosas de todo el Golfo. Los términos de este contrato recogen todos los beneficios imaginables para los trabajadores.

Excepto el único beneficio que ella quería, y que no era otro que él.

–Trabajaré para ti. Pero no desde aquí –no podría verlo un día sí y otro también, fingiendo que amar a Raffa, el hombre que nunca podría ser suyo, no representaba perjuicio alguno para ella.

–No es negociable –le espetó Raffa–. O lo tomas o lo dejas.

–Pues lo dejo, gracias –respondió, levantándose.

Raffa se había quedado aturdido. Tenía a gala interpretar bien a la gente, entenderla, pero con Casey se había equivocado de medio a medio. Su plan era bueno. A'Qaban la necesitaba. Y él la deseaba. Se había formado la vaga idea de que se quedaría allí para siempre, de que podrían trabajar juntos por el bien de su país. Y de que, en los escasos momentos de relajación que tuvieran, podrían disfrutar el uno del otro en el amplio sentido de la palabra.

–Tomaré un taxi.

Ya estaba en la puerta cuando Raffa se recuperó de golpe:

–No. Mi chófer te llevará.

–Puedo llamar un taxi. Lo prefiero, de hecho.

Su intención siempre había sido estimular la confianza de Casey, y al parecer había tenido éxito. Aunque el tiro le había salido por la culata.

–Como quieras... –le dio la espalda, esforzándose por asimilar lo que estaba sucediendo. No podía creer que fuera a marcharse, a salir de su vida.

Lo tenía todo preparado y estaba lista para marcharse. Había revisado ya las habitaciones y sólo tenía que apagar el televisor. Lo había encendido para que le hiciera un poco de compañía. Pobre compañía, pensó, pero al menos el rumor de voces y sonidos la ayudaba a poner en perspectiva sus preocupaciones.

Solamente le quedaba una cosa por hacer. Descolgó el teléfono e hizo el pedido.

Rendirse era una cosa que jamás había aprendido a hacer, reflexionó Raffa mientras permanecía de pie en el umbral de la suite de Casey, escuchándola mientras hacía su llamada. Jamás antes había escuchado a escondidas, pero las situaciones desesperadas reclamaban medidas desesperadas.

–Raffa... –se giró hacia él, mirándolo con expresión culpable. Incluso escondió el teléfono con una mano, como si hubiera hecho algo horrible.

–Te pido disculpas por haberte asustado, pero la puerta estaba abierta...

–El botones acaba de bajar mi equipaje –le explicó, colgando el teléfono–. Le dije que ahora mismo bajaba y que no se molestara en cerrar la puerta.

–¿Y luego te acordaste de que tenías que hacer una llamada?

–No... no exactamente –seguía sin atreverse a mirarlo–. Era una llamada que tenía que hacer antes de abandonar A'Qaban –le explicó en voz tan baja que temió que no la hubiera oído.

Estaba claro que no iba a decírselo, así que Raffa repitió lo que había escuchado unos segundos antes:

–¿Un encargo de lápices, ceras y pinturas para los niños que conociste en el desierto?

Asintió con la cabeza de manera casi imperceptible. Sólo entonces alzó la barbilla y lo miró.

–Sólo es una pequeñez, Raffa.

–¿Una pequeñez? –frunció el ceño.

–Una pequeñez comparada con la escala de las cosas que haces aquí. La escala de tus proyectos para invertir el dinero que recaudamos en la subasta, por ejemplo.

–El dinero que *tú* recaudaste –la corrigió.

–Insisto en que no es más que una pequeñez.

–No para esos niños.

Casey pareció reflexionar sobre esa frase. Cuando volvió a alzar la cabeza para expresarle su opinión,

Raffa pensó que estaba ante la criatura más hermosa sobre la tierra. Le dolió en lo más profundo del alma descubrir un brillo de lágrimas en sus ojos. Si iba a perderla...

–Lo que pasa es que de repente pensé que me había olvidado de las pequeñas cosas –murmuró, avergonzada–. Las cosas pequeñas que hacen la vida...

–¿Divertida? –sugirió, al ver que se interrumpía. ¿Se habría olvidado él también de aquellas cosas?

Se miraron fijamente.

–La vida *debería* ser divertida... ¿no?

Lo había dicho más como una pregunta que como una afirmación, y Raffa se preguntó por qué. Más allá del deseo y del trabajo, en su vida no quedaba mucho tiempo para la diversión. Justo en aquel instante le asaltó el nostálgico recuerdo del baile que habían improvisado con los niños en el desierto.

–Sí, debería ser divertida –le aseguró. Casey siempre se ocupaba de los demás antes que de ella misma.

Pero... ¿quién tenía tiempo para Casey?

El avión que supuestamente debía llevar a Casey a Gran Bretaña había sufrido un retraso inesperado. Una vez estuvo claro que no saldrían más vuelos aquel día, Raffa la convenció de que volara en helicóptero con él hasta el campamento beduino. Quería asegurarse de que disfrutara de la gozosa experiencia de repartir personalmente sus regalos.

Estaba tan contenta... Con ella sentada a su lado en la cabina del helicóptero, Raffa podía sentir su placer y su impaciencia por volver al desierto. Parecía haberse olvidado de su resistencia a tener algo que ver con él. No podía creer que estuviera a punto de perderla. No podía creer que se le hubiera escapado como arena entre las manos, por culpa de su propio y obsesivo sentido del deber. Casey le había demostrado que ese deber iba mucho más allá de una chequera, y que detrás siempre tenía que haber un corazón.

Ella era ese corazón. En tan sólo unos pocos pero intensos días, había logrado derribar sus barreras emocionales con su inocencia, su bondad y su integridad. Le había enseñado una lección: que el dinero nunca podría ser la única respuesta a los problemas de un país.

Vio que estaba mirando fijamente el panel de cristal que servía del suelo al helicóptero, Los niños ya se habían reunido para darles la bienvenida.

–Ten cuidado, Raffa –le advirtió por el micrófono de su casco mientras él iniciaba la lenta y controlada maniobra del descenso.

–No te preocupes, Los adultos también nos han visto.

Y las mujeres. Las había llamado con antelación para ponerlas sobre aviso de su llegada. Y también para pedirles un pequeño favor.

El puro placer que sintió Casey al volver a encontrarse entre toda aquella gente ahuyentó sus preocupaciones. En ningún lugar se había sentido tan a gusto, reflexionó mientras contemplaba a la profesora beduina rodeada de sus alumnos, que acababan de recibir sus pinturas.

Los niños la miraron tímidos mientras abandonaba la escuela itinerante, detrás de Raffa. Se habían levantado respetuosamente cuando él se despidió, lo cual le recordó que, por encima de todo su glamur y atractivo, Raffa seguía siendo su rey. Y ella iba a...

Iba a volver a casa. Suspiró.

–Menudo suspiro –le comentó él nada más cerrar la puerta.

–Los voy a echar de menos –admitió–. No imaginas cuánto.

–No tienes por qué marcharte.

–Creo que los dos sabemos que sí –se lo quedó mirando por un instante, deseando que la vida pudiera ser más fácil. Aunque sólo fuera una vez, por lo menos.

–Nada tiene una fácil respuesta –le dijo él, como si le hubiera leído el pensamiento–. Y lo que estoy a punto de sugerirte nunca te ha resultado fácil.

Casey siguió la dirección de su mirada hasta el camino que atravesaba el desierto.

–Oh, no... esbozó una mueca. Raad, el semental de Raffa, y el pequeño caballo gris moteado que había montado antes, esperaban atados a la sombra de un toldo–. Estás de broma.

–¿Eso crees?

–Raffa... –el corazón le dio un vuelco en el pecho.

Estaban solos: no había guardias ni guardaespaldas cerca. Se habían alejado de los edificios de la escuela. Nadie podía verlos.

–No –giró el rostro para no mirarlo, pero él la acorraló contra la palmera más cercana.

–Sí –gruñó con voz ronca.

–No...

Le cubrió el cuello de pequeños besos, luego la oreja, la mejilla y, por fin, los labios. Casey se encontraba indefensa. ¿Cómo se suponía iba a resistirse a algo que deseaba con tanta desesperación?

–¿Me perdonas?

–¿Que si te perdono por hacer que te desee tanto? No.

–¿Te quedarás en A'Qaban?

–¿Es un chantaje? –inquirió cuando él dejó de besarla.

Se la quedó mirando. No lo negó.

–La sutileza nunca ha sido tu punto fuerte –observó ella, esforzándose por no mirar sus labios.

–Probaré con esto: tienes que quedarte.

–Yo no *tengo* que hacer nada.

–¿Me dejas terminar?

Casey asintió con la cabeza, expectante.

–A'Qaban te necesita. Mi pueblo, mi gente necesita que te quedes aquí, con ellos... y no que les envíes instrucciones desde un lugar lejano. ¿No has visto las caras de esos niños cuando te vieron llegar?

–Oh, esto no es justo... –protestó.

–¿Entonces he logrado conmoverte?

–Sí, pero solamente porque has jugado sucio.

–Yo juego para ganar.

–No sé cómo ni dónde podría quedarme...

–¿Te vendrías a vivir conmigo? –le sugirió de pronto, como sin darle importancia.

–¿Andas falto de compañero de casa? –le preguntó Casey cínicamente.

–No. Ando falto de esposa.

Capítulo Diecinueve

–¿De esposa? –se lo quedó mirando por un momento... y soltó una carcajada–. Ya, claro. La reina Casey.

–¿Qué hay de malo en que utilices tu nombre? Aunque en A'Qaban se te conocería por un nombre de nuestra lengua, por supuesto. Podrías escoger el que quisieras... alguno que reflejara tu ser como persona, tu carácter... –entrecerró los ojos por un momento–. *Hadiya*, por ejemplo «Regalo».

–Pero sé quién eres realmente.

–¿Qué es lo que te dice tu corazón, Casey?

¿Su corazón? A eso sí que se negaba. Su corazón nunca había sido su mejor consejero.

–¿Qué sentiste cuando hoy te dijeron que no podrías volver a casa?

«Alivio», respondió en silencio.

–Preocupación.

–¿Preocupación? Eso me parece muy impropio ti. Cuando algo no sale conforme a tus planes, tú no te quedas sentada lamentándote o preocupándote.

–Precisamente ahora estoy preocupada porque no me sueltas y me dejas en paz –miró sus musculosos brazos, dentro de cuyo círculo estaba cautiva.

–No creo que lo estés. ¿Qué sentiste cuando te traje aquí?

«Euforia», pensó.

–Me alegré de que los niños pudieran recibir sus pinturas tan rápidamente.

–Ahora sí que te creo –le dijo, apartándose–. Eso que acabo de oír... ¿ha sido un suspiro de decepción?

–Ha sido un suspiro de alivio –pronunció con energía. Mal que le pesara, había estado esperando, y deseando, un beso. Se dispuso a alejarse de allí.

–¿No te olvidas de algo?

–No –continuó andando.

–Te recuerdo que tienes reservada una clase de montar a caballo. Porque deduzco que no sabrás conducir un helicóptero. Y no hay otra forma de volver.

Con los puños cerrados, se giró hacia él.

–Tú...

–¿Bruto arrogante? Sólo era una sugerencia. ¿Me permites que te ayude a montar?

–Soy perfectamente capaz de hacerlo sola.

–Así que entonces vendrás conmigo.

–Sé lo que estás haciendo –quizá. Pero lo que no podía hacer era leerle el pensamiento, porque justo en ese instante se estaba poniendo su *howlis.* Con sus tejanos, sus botas y su camiseta ajustada, el negro turbante le daba un aspecto de bandido.

Al final montó en el caballo. Sola.

Casey nunca habría adivinado el rumbo que había tomado Raffa sin un mapa y una brújula. Para ella, el desierto siempre era lo mismo. Pero él no había dudado ni una sola vez. Guió a Raad siguiendo la sombra de las dunas y menos de una hora después entraban en un oscuro y fresco desfiladero, entre dos farallones rocosos.

Los cascos de los caballos resonaban en el fantasmal silencio, y Casey se alegró de distinguir el final, bañado por el sol. Perdió el aliento cuando salieron de pronto a una plataforma elevada y se encontraron frente a la vista más impresionante que había contemplado en toda su vida. El sol estaba en su punto más elevado, y el contraste entre el azul cobalto del cielo y el color dorado y blanco de la roca resultaba absolutamente extraordinario.

–¿Te gusta? –le preguntó Raffa, volviéndose hacia ella.

–Los colores son impresionantes.

–Ésa es una de las razones por las que te he traído aquí –le explicó mientras Casey detenía su caballo al lado del semental–. A esta hora, no hay matices en el desierto. Los colores son planos. Absolutos.

Durante unos minutos, se dedicaron a disfrutar de aquella serena belleza, hasta que Raffa empezó a guiar su montura ladera abajo. Casey lo siguió, precavida. Poco después escuchaba un murmullo de agua. Estaba cerca, en alguna parte, pero todavía no podía verla.

–Es un arroyo subterráneo –le informó él–. Hay mucha agua en el desierto, si sabes dónde buscarla.

Pero lo que descubrió entonces Casey la dejó sin habla: un gran círculo de tiendas rodeando una plaza central.

–¿Qué es?

–Un poblado beduino. Pensé que podría sugerirte alguna idea para tu proyecto turístico.

Varias mujeres vestidas con coloridas túnicas se acercaron para saludarlos, sonrientes.

–¿Qué dicen? –inquirió cuando se dirigieron a ella en su lengua.

–Te dan la bienvenida. ¿Qué tiene de malo?

–Nada... –respondió Casey con el asomo de una sonrisa en los labios–. Nada en absoluto.

Raffa salió a cabalgar mientras Casey se entregaba a un caliente baño de espuma, aromatizado con fabulosas especias, y un masaje con aceites que olían aún mejor. Cuando vio la túnica que le habían llevado las mujeres, no pudo reprimir una sonrisa: de color azul cielo, con un delicado bordado de plata, era precisamente la ropa tradicional beduina.

Las mujeres le habían dejado una bandeja de fruta fresca y un cuenco con agua para lavarse las manos cuando terminara de comer. Todo lo cual terminó haciendo sin moverse de la blanda montaña de cojines en la que habían insistido que se tumbara. Fácilmente podría acostumbrarse a aquella vida de lujos.

Desde donde estaba disfrutaba de una perfecta vista del desierto: no transcurrió mucho tiempo antes de que una imagen empezara a reverberar en el aire denso. Poco a poco fue distinguiendo la silueta de un hombre a lomos de un caballo negro. Y no un hombre cualquiera. Empezó a temblar de deseo. Raffa parecía un espejismo surgido de la vastedad del desierto.

Frenó el caballo y desmontó de un salto. Una ola de energía para emanar de su cuerpo mientras entraba en la tienda. Despojándose de su *howlis*, lo arrojó a un lado.

–Bien –le lanzó una abrasadora mirada–. Voy a darme un baño y vuelvo.

Volver, ¿para qué? ¿Para ver si estaba dispuesta? Se quedó paralizada mientras lo veía alejarse. Había creído que estaba excitada antes, pero aquello era todavía peor: la fantasía y la realidad chocando entre sí.

Raffa volvió cubierto únicamente con una toalla a la cintura. Su poderoso torso, con su tatuaje brillando en su piel todavía húmeda, era algo que Casey sabía que nunca olvidaría.

–Gracias por haberme traído aquí, Raffa.

–Ha sido una descarada maniobra para hacerte cambiar de idea sobre lo de abandonar A'Qaban –le dijo al tiempo que se acercaba y se secaba enérgicamente el pelo con los dedos, casi encima de ella.

–Me estás empapando... –rió.

–Pienso hacer mucho más que eso –dejándose caer en los cojines a su lado, la atrajo hacia sí–. El vestido tradicional a'qabani te sienta de maravilla –murmuró mientras acariciaba casi con reverencia la finísima tela azul celeste.

Le rozó suavemente los pezones con los nudillos a través del bordado de plata que parecía brillar con luz propia en las sombras de la tarde. No hubo necesidad de conversación, ni espacio para las preocupaciones o las vacilaciones. Raffa se quitó sin más la toalla y le subió la falda del vestido hasta las caderas. De inmediato se hundió en ella, deteniéndose únicamente para saborear las mismas cimas de placer que Casey estaba experimentando.

A Casey le resultaba imposible describir lo muy unida que se sentía con él. Cuando Raffa se incorporó sobre un codo para mirarla fijamente a los ojos sin dejar de moverse, supo que jamás volvería a vivir una noche semejante. Las lágrimas le bañaban las mejillas mientras la luna del desierto se alzaba en el cielo azul índigo.

–Si te estoy haciendo llorar... será mejor que me detenga –le advirtió él con voz ronca, acariciando con la barba de su mentón la tersa piel de su cuello.

–Si te detienes, gritaré –lo amenazó a su vez ella.

Como respuesta le enjugó las lágrimas a besos, y continuó besándola hasta que sus rítmicos suspiros llenaron sus oídos. Y cuando controlarse resultó ya imposible, la acunó en sus brazos mientras ella gritaba extasiada su nombre.

Debió de haberse quedado dormida unos minutos, porque se despertó para encontrarse a Raffa con la cabeza apoyada en una mano, mirándola. En algún momento de la refriega amorosa había perdido su preciosa túnica: se hallaba cómodamente recostada sobre la montaña de cojines, con la luz de lámpara arrancando reflejos dorados a su piel desnuda.

–¿Qué es esto? –murmuró soñolienta cuando él la atrajo hacia sí para cubrirle la cabeza con una tela–. ¡Mi chal! –exclamó, reconociéndolo.

–Es un chal nupcial a'qabani –una sonrisa iluminó su rostro–. Hay quien dice que fue el destino lo que me impulsó a donarlo a la subasta. Y lo que te impulsó a ti a pujar por él.

–No me parece justo que te burles de mí –le recriminó ella, sentándose y cubriéndose cabeza y hombros con la delicada prenda.

–Te amo, Casey Michaels –musitó.

–No deberías decir eso.

–¿Y por qué no?

–Acabas de admitir que todo fue una maniobra para retenerme en A'Qaban.

–Eso no puedo negarlo. Pero estoy hablando en serio: te quiero –acunándole el rostro entre las manos, le preguntó en un murmullo–: ¿Por qué no me crees cuando te lo digo? ¿Por qué no te consideras merecedora de mi amor, Casey?

–Porque tú eres un...

–¿Un rey? –Raffa se echó a reír.

–¿Qué es lo que te hace tanta gracia?

–Soy un hombre. Un hombre que ama a una mujer. Quiero que seas la madre de mis hijos. Y quiero que me ayudes a estimular el crecimiento y el desarrollo de mi país. Y en cuanto al amor... quiero que lo tengas todo.

–¿Y no te habrás confundido de persona?

–Si no quieres quedarte...

–¿Me dejarás que me vaya?

–No. Te mantendré cautiva en el desierto.

–Es un poco tarde para eso.

–Pero no demasiado tarde para sonreír, para tener esperanzas. Y, sí: para soñar también.

–No puedes saber lo que estoy pensando detrás del velo –dijo Casey con tono confiado, bajándose el chal y velándose el rostro.

–Ah, pero te sorprendería lo mucho que pueden hablarme tus ojos.

–El misterioso lenguaje del velo –murmuró ella, pensativa.

–¿Qué?

–El misterioso lenguaje del velo –repitió–. Yo lo estoy hablando y tú lo entiendes.

–Como una verdadera a'qabani –repuso Raffa, sonriendo irónico mientras le alzaba delicadamente el velo–. Pero prefiero verte la cara, Casey Michaels.

Epílogo

Escogieron una ceremonia beduina. ¿O fue la ceremonia beduina la que los escogió a ellos?, se preguntó Casey mientras espiaba detrás de la cortina de la tienda nupcial. Se sentía tremendamente feliz allí. Como si hubiera pertenecido desde siempre a aquel lugar. Las mujeres encargadas de vestirla ya se estaban reuniendo en pequeños grupos excitados, incrementando así su propia expectación. Sus padres llevaban una semana allí y ya se habían enamorado del reino del desierto.

Buscó con la mirada a Raffa, que se alejaba en aquel momento hacia el desierto a lomos de su caballo, junto con algunos de sus hombres. Llevaba toda la semana haciendo eso: indudablemente para desahogar su exceso de energía, ya que la tradición ordenaba que se mantuviera alejado de la novia durante aquel lapso de tiempo.

Afortunadamente las mujeres llegaron en aquel momento para distraerla. Iban a pintarle las manos y los pies con intricados dibujos de *henna*, y ella les había preparado dulce té con menta y *qahwa*, el aromático café del país, para recibirlas adecuadamente. Mientras las veía agitarse como inquietas mariposas en la intimidad de la tienda, Casey se sorprendió a sí misma deseando que su gracia natural resultara contagiosa.

Los músicos que tocaban en la puerta de la tienda proporcionaban el ambiente adecuado para tales actividades, haciendo sonar el *darbuka*, un gran tambor, y el *zibab*, violín de una única cuerda. El poblado entero se había convertido en una fiesta. Había estandartes y gallardetes por todas partes, e incluso los caballos habían sido engalanados con suntuosos jaeces de monedas y campanillas de plata. ¿Y la novia? La habían bañado en agua de aromas y la habían frotado y masajeado con exquisitos ungüentos durante el ritual de casamiento, mientras las mujeres se burlaban de Raffa hasta que accedió a pagar, tal y como exigía la tradición, la decoración con *henna* de su novia. Y ahora aquello...

Contempló impresionada los dibujos de sus manos y pies, ya terminados.

–Nunca había visto nada tan hermoso. Sois increíbles –exclamó.

–Entonces será mejor que espere a ver esto –le dijo una de las jóvenes.

–¿Qué es?

–Los regalos de su marido. Acaban de llegar.

Perdió el aliento en cuanto terminó de abrir el impresionante cofre dorado. El fabuloso collar de zafiros que había visto en la cámara acorazada de Raffa estaba allí, frente a sus ojos, junto con un par de pulseras y pendientes, e incluso tobilleras con diamantes azules. Pero abajo del todo había un pequeño rollo de papel, atado con un lazo, con una nota adjunta, que se apresuró a leer: *Quería regalarte las joyas, pero sé que esto te gustará más. R.*

Frunciendo el ceño, Casey alzó la mirada a los expectantes rostros de las mujeres que la rodeaban.

–No tengo ni la mejor idea de lo que puede ser –les confesó mientras extraía cuidadosamente el rollo.

–¿Por qué no lo abre de una vez? –inquirió una de las jóvenes.

–¿Por qué no lo hacéis vosotras? –la desafió Casey, divertida.

La joven que había hablado era la profesora de escuela del poblado beduino. Fue ella la que desenrolló el papel: era un dibujo hecho por sus alumnos, en el que Raffa y de Casey aparecían caminando de la mano.

–¿Cuándo hicieron esto?

–El mismo día que nos visitaron –respondió la maestra, divertida–. Fue el único dibujo que todos se pusieron de acuerdo en hacer.

–¿Lo sabían? ¿Lo sabían antes que yo? –inquirió, incrédula.

–Los niños saben mucho más de lo que suponen los adultos. Como usted tendrá oportunidad de descubrir personalmente...

Vestía una túnica de seda color carmesí, con monedas de plata decorando el velo que le cubría el cabello. Más plata brillaba en sus tobillos y en sus muñecas. Y lucía el collar de espléndidos zafiros que tan bien combinaban con el azul de sus ojos.

Se trasladó a la tienda de Raffa a lomos de un impresionante camello, instalada en una silla especialmente cómoda. Encontró a Raffa esperándola en la entrada. Ataviado con una sencilla túnica negra, la cabeza al descubierto y con su arete brillando al último sol de la tarde, habría parecido un a'qabani cualquiera esperando a su futura esposa... de no haber sido por la traviesa expresión de sus ojos.

Así era como le gustaba a él y como le gustaba a ella también. Nada de pompas y ceremonias: sólo Raffa, el hombre, y la mujer que amaba. Aquél era un matrimonio entre iguales.

La ayudó a desmontar y le arregló cuidadosamente los pliegues de la túnica y del velo, bajo la atenta mirada de la multitud que los rodeaba. El contacto de su mano resultó electrizante: lo había echado tanto de menos... Había echado de menos su fuerza, su humor, su ingenio y su sexo. Por muy frívola que pareciera, eso último era lo que más había echado en falta, pensó, irónica, mientas Raffa la llevaba con los ancianos del poblado, los encargados de perpetuar los antiguos ritos.

–Reina –la presentó.

–¿Reina Casey? –susurró con tono preocupado a Raffa, mientras uno de los ancianos empezaba a recitar las palabras de la ceremonia. ¿Se habría Raffa olvidado de algo? Se preocupó al ver que no respondía. De hecho, en aquel momento se estaba dirigiendo a la multitud.

Escuchar a Raffa hablar y referirse a ella como su regalo, su *hadiya*, un don inesperadamente recibido que deseaba compartir con su gente, fue mucho más de lo había esperado.

–Reina *Hadiya* –pronunció, tomándole la mano derecha en cuanto la oración hubo terminado–. Si no te gusta el nombre –le musitó al oído–, puedes escoger otro.

–Me encanta –le aseguró, deliciosamente sorprendida–. Como el chal que donaste a la subasta, eso es lo que soy. Un regalo para ti.

–Ya te lo recordaré después –murmuró Raffa, sin que la expresión de sus ojos traicionara el sentido de sus palabras.

–Así que... ¿estás satisfecha con tu nuevo nombre? –le preguntó Raffa a Casey después, ya acostados en su enorme cama de matrimonio.

–Muy satisfecha.

–Me alegro –enredando un dedo en un rizo de su cabello, añadió–: Siendo así, el honor me obliga a satisfacerte a mi vez.

–Oh, bueno. Seguro que ya se me ocurrirá algo.

–No lo dudo. ¿Te gustaría poner mi honor a prueba?

–Pienso hacerlo constantemente.

Bianca™

Ella deberá amarlo, honrarlo y… obedecerlo...

Sadie Carteret y Nikos Konstantos estuvieron locamente enamorados y habían planeado casarse y fundar una poderosa dinastía. Pero la combinación de placer y negocios terminó con sus sueños. Nikos fue acusado de haber pretendido casarse con Sadie por su dinero y su apellido, y la familia de ésta se dedicó en cuerpo y alma a acabar con él. La boda se canceló y Nikos y Sadie no volvieron a verse.

Pero ahora Nikos ha recuperado su imperio y, convertido en un millonario sin escrúpulos, está decidido a limpiar su nombre y a exigir lo que le corresponde.

Un griego cruel

Kate Walker

¡YA EN TU PUNTO DE VENTA!